FILETS.

N°. 39.

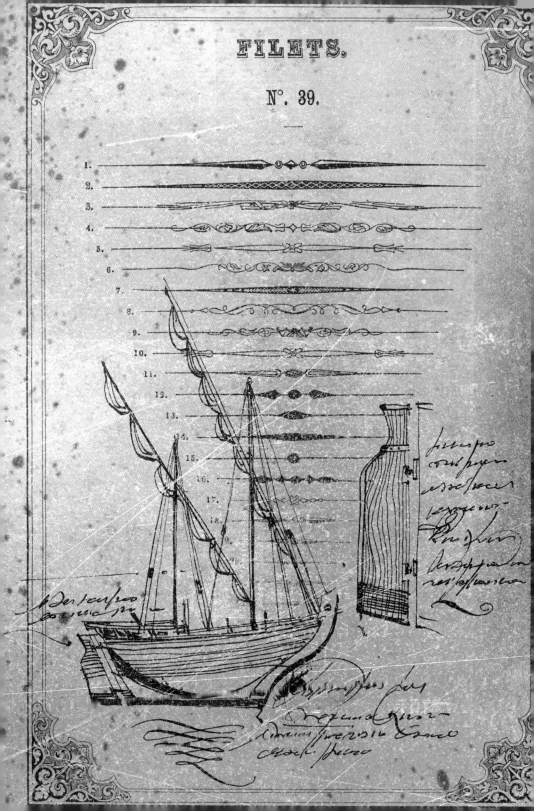

ULYSSES MOORE

Ulysses Moore

Villa Argo

Kilmore Cove Cornwall

DEDALUS PRESS
Printing-Machine, Press, Type, Material, and Roller Manufacturers.

尤利西斯·摩尔推理冒险系列

14 黑暗港之旅

[意] 帕多文尼高·巴卡拉里奥/著 顾志翱/译

中国出版集团 现代出版社

版权登记号：01-2018-8334

图书在版编目（CIP）数据

黑暗港之旅 /（意）帕多文尼高·巴卡拉里奥著；顾志翱译 . —北京：
现代出版社，2021.1（2021.6重印）
（尤利西斯·摩尔推理冒险系列）
ISBN 978-7-5143-8892-3

Ⅰ. ①黑… Ⅱ. ①帕… ②顾… Ⅲ. ①儿童小说－长篇小说－意大利－现代
Ⅳ. ① I546.84

中国版本图书馆 CIP 数据核字（2020）第 205550 号

黑暗港之旅

作　者	[意] 帕多文尼高·巴卡拉里奥著
译　者	顾志翱
责任编辑	崔雨薇
出版发行	现代出版社
通信地址	北京市安定门外安华里 504 号
邮政编码	100011
电　话	010-64267325　64245264（传真）
网　址	www.1980xd.com
电子邮箱	xiandai@vip.sina.com
印　刷	永清县晔盛亚胶印有限公司
用　纸	710mm×1000mm　1/16
印　张	15
字　数	180 千字
版　次	2021 年 1 月第 1 版　2021 年 6 月第 2 次印刷
书　号	ISBN 978-7-5143-8892-3
定　价	39.90 元

尊敬的编辑部：

在我写信给你们的这几天，我这里简直暗无天日。英国大陆正在经历着历史上最严峻的风暴和寒流，每小时高达一百八十公里的风速足以掀起所有房子的屋顶。许多大区（包括我所在的地区）都遭遇了洪水，街道、铁路都被水淹了，整片村庄都已经断电。尤利西斯·摩尔的家所在的基穆尔科夫，乃至整个康沃尔地区是受灾最严重的地方，整个海岸线都被高达数十米的巨浪冲击得面目全非。

同样，根据我所翻译的这份手稿来看，里面的人物似乎也正在经历着最困难的时期，我翻译的进度很慢，因为手稿中的每一句话都会涉及尤利西斯·摩尔的其他日记或者别的作家的著作。这位神秘的作者似乎很享受这种让读者和译者猜谜的游戏。

我看着窗外黑压压的天空，感到自己的心时刻都牵挂着基穆尔科夫的故事，同时，我也能够隐隐地猜到这场不同寻常的风暴似乎和我正在发给你们的故事有着一定的关联。

在那些孩子修好了尤利西斯·摩尔的那艘神奇的帆船——墨提斯号之后，他们终于抵达了基穆尔科夫，不过很快，穆雷、米娜、康纳和肖恩就回到他们的世界里去了。

同时，那位热衷于翻译各种语言的加里比教授则选择了不回到自己那个快要被拆除了的家里，而是留在阿尔戈山庄。

对于所有的人来说，这都是一场前所未有的冒险。从他们在沼泽地里找到了墨提斯号开始，他们先是发现了尤利西斯·摩尔的第十三本日记，又得知了基穆尔科夫的存在，因此所有人都希望亲眼见一下那些神

奇的，能够连接不同虚幻之地的时光之门。

　　而这场旅行也令所有人大开眼界。他们先是经历了鲸鱼的考验，然后又穿过了漂浮着的垃圾岛，最后成功穿越了回忆迷雾圈，这才抵达了基穆尔科夫。在到达之后，他们发现这里已经成了一个几乎废弃的小镇，仅留下了反抗军的少数几位成员对抗着一个神秘的组织——虚幻印地会，这个组织的目标是掌管所有虚幻之地之间的航线，而他们首领的名字叫拉里·哈斯利。

　　对于基穆尔科夫和虚幻旅行者来说，这是一个至暗的时刻，而要想真正地摆脱黑暗就需要勇敢地面对它，尽管这可能会让人越陷越深。

　　感谢阅读此信！

　　此致！

帕多文尼高·巴卡拉里奥

目　录

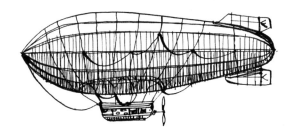

第一章

风之屋

当这个不知名的地方狂风肆虐的时候，
你会发现这间屋子给你的保护十分有限。

沙之城堡里的温度已经达到了令人感到呼吸困难的程度，来回飞舞的苍蝇对于人来说简直就是一种折磨。

拉里·哈斯利脱掉了背心，将其扔在地上，即便如此，沙漠里的温度仍然令他汗流浃背。

他看上去十分消瘦，肋骨凸显，手肘如同一根绳子中间的一个结一样，背后的脊椎关节可以看得一清二楚。

不过他的眼神看上去有些令人难以捉摸。

他注视着窗外，在不远处，几百个士兵如同蚂蚁一样正在忙碌地工作着，他们在沙丘之间将一些铁架子固定到几根从空中的飞艇上垂下来的链条上。

"你觉得怎么样，韦斯克斯？ *"拉里对躺在自己脚边一只用布做成的兔子问道，"这样能行吗？"

那只兔子当然没有任何回应。

沙丘在太阳的照耀下闪着金光，如同要吞噬掉整个世界一样。那些有着灰色皮肤，一言不发的士兵整齐地排着队，一瘸一拐地向前走着，即便有人摔倒之后从沙丘上滚了下去，其他人也熟视无睹，继续前进。

"这里真是太热了，韦斯克斯，你是对的，这里太热了。"

虚幻印地会的首领用手背抹了抹额头上豆大的汗珠，他讨厌炎炎夏日，他讨厌骄阳似火，他讨厌这里的气候。

但是他希望目睹这群由自己的亲信控制的士兵能够从沙丘底下发掘出传说中的泽祖拉城。

泽祖拉城据说在很久之前就被沙漠所覆盖了，它有着许多别称，像白色之城、沙漠之鸟的神秘绿洲以及狄奥尼索斯之城等。经常在沙漠中

---

* 注：韦斯克斯是毕翠克丝·波特笔下的一个坏蛋兔子。

出没的商队之间一直都流传着关于泽祖拉城里有宝藏的传言。

许多人都曾经尝试寻找过这个地方，但是没有人像拉里这样和它近在咫尺。

现在它就在面前的沙丘下面，等待被发掘出来。

"你知道吗，韦斯克斯，那些试图寻找传说中城市的人，他们最大的缺点，最大的缺点……"拉里·哈斯利看着从空中吊下的链条，嘴里嘀咕着，"就是他们都不按照传说的游戏规则来寻找这些地方。你同意吗？"

韦斯克斯继续一言不发，它的主人双手交叉在胸前，看着那些沉默的士兵缓慢移动着。过了一会儿，似乎是觉得无聊了，他走出了房间，经过了一段过道，下楼来到了整座沙之城堡里最凉快的房间。他希望能够找些冰水来解解渴。

"哈斯利先生？"从石柱的后面传来了一个声音。

拉里·哈斯利停下了步伐，他脚底下的石灰石地板十分凉快，同时角落里有一个喷泉，正在汩汩地向外冒着清水。

"有什么事吗？"他问道。

说话的人是伯林翰，全名叫爱德华·伯林翰，是虚幻印地会中负责非洲事务的官员。他拖着双脚从阴影中走了出来，一副卑躬屈膝的谄媚表情，双眼凸出、脸色苍白、皮肤松弛，就连说话的样子也是虚伪得不行。*

拉里·哈斯利看着自己的助手向自己走来时的姿势，就明白他一定没有什么好消息要说。

"是有什么坏消息吗，伯林翰？又是一次……你是怎么说的来着？'不可预见突如其来的沙尘暴'？"

---

* 注：这里的描述和阿瑟·柯南·道尔爵士的著作《木乃伊》中的一个人如出一辙。

"没有，没有，不是这样的，先生，不是……这样的，"那人赶紧回答，"只不过是有些当地人……"

"当地人？怎么了？"

这时一个仆人端着一个银色的瓶子和一个杯子走了过来，瓶子里盛满了清澈的凉水，而杯子里则是一杯薄荷茶。

"当地人好像很不满，先生，他们的巫师……"

"你是说他们的巫师？"拉里拿起瓶子的手停住了，转向他的助手，问道，"快说，快说……他们的巫师说了些什么？"

"他们觉得我们这样挖掘白色之城会触怒神明，遭到诅咒。"伯林翰说道，"我们使用的飞船、铁链，还有那些……军队……那些不用睡觉、不用吃饭的人，当地人管他们叫伊夫利特。"

"伊夫利特？"

拉里·哈斯利喝了一口薄荷茶。

"那是恶魔手下精灵的名字。"伯林翰解释说，"当然，在当地人自己的文化中并没有这个名字。"

"那他们管恶魔叫什么？摩洛克？撒旦？既然他们把那些士兵称为恶魔手下的精灵，那他们所说的恶魔又是谁呢？是你们吗？还是印地会？又或者……是我？"

"您的这个问题我可不敢回答。"爱德华·伯林翰扯着干干的嗓子说，"不过，我想最好还是先通知您一下。"

拉里将空杯子递给了仆人，后者迅速消失在了阴暗的房间。

"随便这些巫师怎么说，还有那些当地人，他们想怎么称呼我的军队是他们自己的事。与此相比，我更关心你们有没有清理完发动机上的沙子？"

"已经基本完成了，先生。"

"那些飞船呢？"

"已经重新起飞了，先生，可能还差几个拖钩没有装好，另外还需要最后检查一下密封性，不过……"

"很好。"

伯林翰迟疑了一下，拉里很快注意到了。

"还有什么问题吗？"

"关于前几天的那场风暴，先生……那些巫师给它起了一个有些奇怪的名字。"

"哦，是什么？"

"他们管它叫'穆雷之风'。"官员低下头，双眼注视着自己的脚尖，嘴里咕哝着。

拉里突然感到了一阵胸闷，也许是他先喝凉水然后又立刻喝了热茶的缘故吧，他用手扶住石柱，有些着急地喊道："你听错了，伯林翰，他们说的应该是'海之风'，是海之风！"（注：原文中穆雷的名字"MURRAY"和海"MARE"非常接近）

"事实一定就是您说的那样，先生。"非洲事务负责人附和道，"一定就是这样的。"

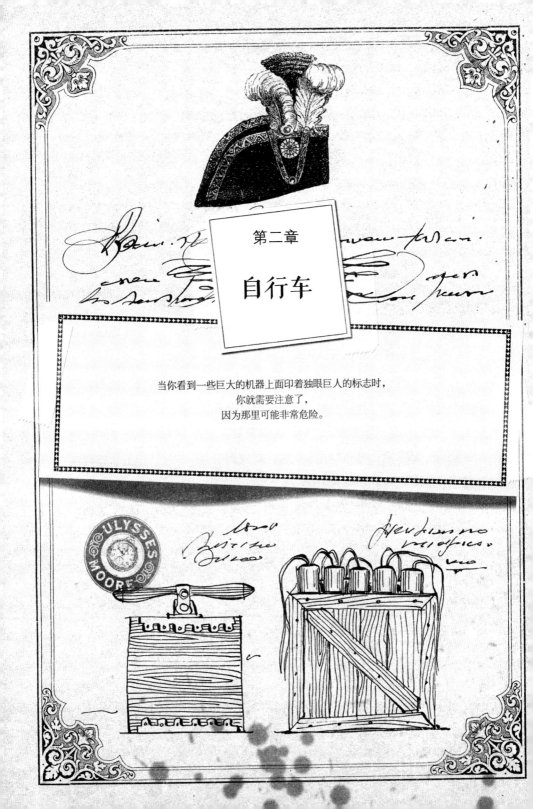

第二章

自行车

当你看到一些巨大的机器上面印着独眼巨人的标志时，
你就需要注意了，
因为那里可能非常危险。

"你怎么没有在学校？"警察靠在车辆放置处的围栏边问道。

"下午一点就放学了。"穆雷在围栏的另一侧回答说。

"是你的朋友载你过来的吗？"警察看了一眼不远处肖恩的自行车问道。

"是的。"

警察从口袋里掏出钥匙，将栅栏的门打开了一道口子，正好可以让穆雷通过。

"你是来取自行车的，是吗？"

穆雷点了点头，将手上的那张罚单递了过去。

"真是奇怪呢，对吗？"警察的鞋子踩在鹅卵石上，发出咯吱咯吱的声响，一座并不算很高的铁皮库房就在两人几米远的前方。

穆雷一言不发，而肖恩则推着自行车跟在二人的身后。哐当，哐当！库房的大门打开了，里面只有一辆自行车。

"我说，真是奇怪呢，对吗？"警察继续说道，"就在几天之前，这里还有一百多辆自行车呢，而现在，就只剩下这一辆了。而且，让我猜猜……这辆正好就是你的，对吗？"

"那其他的自行车是被你们处理掉了吗？"穆雷装出一副无辜的表情问道。

警察干笑了两声，打开了锁住自行车的铁链，然后说："当然，你和你的好朋友是什么都不知道的，对吧？"

"不知道，警官先生，我们什么都不知道。"

穆雷在自行车前蹲了下来，用手掌轻轻地抚摩着车架，仔细检查了一下车辆的情况。

"有一件事情我得告诉你们一下，其实我看到你们了，通过监视器。"警察继续说道。

"这里根本就没有监视器。"肖恩立刻回答说。

"你是怎么知道的呢？"警察反问道。

肖恩低下了头，盯着自己的车把。我怎么那么笨！他心里暗想。

"至于你，小伙子！赶紧取完车离开这里，不过记住，再也别做同样的事情了，明白了吗？"

"太感谢您了，长官先生。"

"你听见我说的话了吗？"

穆雷点了点头，不再说话。

"要知道我们可是很清楚你的爸爸是谁。"警察凑到穆雷的耳边轻声说道，随后将他们带到了铁门外。

"我明白，长官先生。"穆雷压抑着心中的怒火说道，"我也很清楚这件事情。"

在离开了自行车库房之后，两位小伙伴踏着自行车全速向着海边反向骑行。

"哇哦！"

"你看到那个警察无可奈何的表情了吗？"

两个人一边大笑，一边加快了脚下的节奏。

就这样，他们一直骑到了最喜欢的那张长凳边才停了下来。他们坐在树荫底下，面对着河流，看着一艘巨大的集装箱货轮缓缓地进入港口，随即港口的叉车、吊车和工人都开始忙碌了起来。

在稍做停留之后，他们便开始商量起了下一个目的地。

"我们现在去哪里？"肖恩开口问道。

"让我想想。"

两人相处时总是由穆雷来决定行动的方向，而肖恩只负责跟着他，

并随时提醒他保持头脑清醒。

拥有蓝色双眼的男孩伸手捋了捋头发，脑子里迅速列出了想要去的地方的名字，仿佛有一张地图出现在了他大脑中一般。

"要不我们去那幢大楼那里吧？"他提议道。

肖恩看着他说："那么远？"

穆雷点了点头说："这意味着我们得穿过整座城市。"

"但是别走农贸市场那里。"

"不走农贸市场。"

肖恩这才缓缓点了点头："好吧，这样也可以。"

他们跳上了自行车，随即迅速朝着大海的反方向骑去，并在一个岔路口选择了通往市区的那条道路。

他们两个人一前一后在路上骑着，来往的车辆从他们的身边奔驰而过，在经过了一长段费力上坡的阶段之后，他们来到了城市另一侧的郊区。这里的房子看上去十分破旧，墙壁上画着各种歌颂战争和海盗的涂鸦，并且还会时不时看见一些废弃的屋子。

当他们见到了几辆停在院子里的挖土机和一幢高大的水泥房子时，就停了下来。

终于到达目的地了。

"他们可是一点时间都不想浪费呢，你看！"穆雷指了指几台大型的机械说道。

只见大楼的四周都已经被围了起来，白色和红色相间的绳子上挂着"禁止入内"的牌子，在午后的微风中来回晃动着。

"我很好奇为什么没有人在这里工作。"肖恩看了一眼工地说。

"谁告诉你没人在这里工作的？"

穆雷并没有理睬告示牌，而是直接从绳子中间钻进了这幢破旧大楼的院子里。

"穆雷？你想干吗？"

"我们就去看一眼。"

大楼看上去已经年久失修，外墙斑驳，而且地基似乎也不太牢固了，正因为如此，它才被列为危楼之一。水泥承重柱常年受潮，有些已经破损了，露出了里面的钢筋。尽管面对着这种已经有些危险的状况，加里比教授仍然是选择坚持到了最后的时刻才离开它。

经过了教授的手，这幢大楼变成了一座既不消耗能源，又不会污染环境的实验室。楼顶上依然能够见到教授的菜园和他用塑料瓶做成的太阳能收集器，在侧面的墙上则可以看到悬挂着的电线和水管。而现在，他们赶走了教授，所有的这些天才发明都将被砸成破烂。

"你觉得他们会将这里改造成什么呢？"穆雷回过头问紧随而来的肖恩。

"我也不清楚，会是一座酒店吗？"

穆雷叹了口气。

"会是一座高尔夫球场吗？又或者他们会不会建造一座飞机场？"

而由于这里距离高速公路很近，所以也许他们会在这里建造一座大型商场。

与此同时，这幢有些破旧的大楼则显得有些凄凉，一些燕子在楼房的上层从破损的窗户里飞进飞出。

大楼的正门已经封上了，地上留下了一些靴子的印迹，墙上则用黑色的喷雾做了一些记号，有箭头、圆圈以及几个数字。

"看来他们已经准备就绪了。"肖恩跟随着箭头的方向边走边说。

"不知道他们是怎么处理那条赛车车道的。"穆雷这时说道。

肖恩看了他一眼问道："什么赛车车道？"

"其实我是强烈推荐你一定要看一眼的，如果它还在的话。"穆雷说着走到了肖恩的前面。

"也许已经……"

"不会的，快来！"

在大楼的后侧，他们找到了一个破旧的车库，卷门已经坏了，吊在一半，两人弯腰从下方进入了大楼。穆雷掏出了随身携带的一把小刀和一个手电筒，并打开了它。车库的尽头有一扇门虚掩着，门后通往一个狭窄的楼梯。穆雷帮助肖恩钻过那扇门，然后一起走上了楼梯。

"应该就在这边。"穆雷嘴里说着，同时举着手电筒四处照着。

两个人的脚步声在空荡荡的大楼里回响着，听上去有些吓人。

"如果你说的那条赛道还在的话，你打算怎么办呢，克拉克？"肖恩半开玩笑地用姓氏来称呼自己的好友，"你是打算在这里玩一会儿？还是把它带走？"

"要是能带走的话，我也想啊！"穆雷微笑着回答。

"也许我们应该在取自行车的时候把康纳也叫上。"

"别担心，肖恩，我们马上就可以搞定了。"

"我可没说过我害怕。"肖恩嘴上说着，表情却显得有些心虚。说实话，他一点也不喜欢在这幢空荡荡的大楼里走来走去，四周只有他们脚步声的回音和那些奇怪的管道，但是他也很清楚，要让自己这位同伴改变主意几乎是一件不可能的事情。

两个人跨过了一束横穿大楼的黑色线缆，最后终于来到了大楼的正门，这里的墙上同样画着一些黑色的箭头和线条。

"嘿，穆雷。"肖恩加快了脚下步伐，赶上自己的伙伴。

"你看这个！"穆雷一边说着，一边用手电筒照着前方。

出现在肖恩眼前的是他所见过的最大的玩具赛车赛道，虽然上面盖着一块塑料布，中间的部分也已经被掉落下来的砖块给砸坏了，不过仍然能够看到那些设计精妙的弯道和桥梁相互交织在一起，并且从墙壁上的洞口贯穿到室外。

"你们当时到底是怎么想的？为什么没有把这个玩意儿带走呢？"肖恩张大了嘴问道。

两人在废墟中走了几步。

"因为我们当时正在修墨提斯号哇，还要制作船帆。"穆雷耸了耸肩回答说，"而且教授先生也没有提起过这件事情，所以我们就把它给忘了。"

穆雷的手电筒不停地来回照着这个赛道。

"好吧，但是，我们可不能就这样把它留在这里。"

显然，如果能够在大楼拆除之前将这条赛道拆下来并带走的话，那肯定是最好的。

"那是什么？"穆雷突然举起手电筒问道。

门口一根石柱的后面有一个小灯正在闪烁着。

"是警报器吗？"肖恩猜测。

"如果是警报器的话，那应该早就开始报警了。"

两个人走了过去，借助着手电筒的光线，穆雷见到了一个小盒子，和一个鞋盒差不多大，外壳上涂了棕色和黄色相间的线条，上面有一个小灯正在闪烁。

"天哪！"两个人异口同声地喊道。

他们在各种电脑游戏里见到过这种盒子不下几十次，而通常在游戏里，这些盒子都是炸弹。

"穆雷？"

"肖恩？"

"你也和我想到一起去了吗？"

"我也不是很确定。"手电筒的光照到了盒子的两端，有些电线接出来，其中的一根黑色电线顺着墙壁上黑色喷墨留下的箭头连接到了不远处的一个天线上，"你说这东西是不是远程控制的？"

肖恩咽了口唾沫，头脑异常冷静。他回想起了两个人在经过走廊时跨过的那些黑色电线，这样看来，每一根电线应该都连接着一个这样的小盒子，而且墙壁上留下的那些箭头和记号标记的就是大楼的承重点。

所以他们已经准备好要爆破这幢大楼了。

"我在电视上看到过一次。"他低声说道，"那是一部纪录片，讲述的是一群大楼爆破专家让一幢三十层楼高的大厦轰然倒地，但是却没有石块掉落进隔壁大楼住户的家里。"

不管怎么说，现在的问题并不是那些专家能否精准爆破，而是他们此时此刻正身处在大楼的里面。

当肖恩正在思考这个问题的时候（大概也就用了两三秒的时间吧），穆雷似乎也得出了相同的结论。

"快走！"只听见穆雷大声喊道，两个人撒开腿向外跑去。

他们再也顾不得房间里的赛道模型，快速沿着原路冲出房间，跑下楼梯之后回到了停车库。

最后他们跌跌撞撞地跑到了大楼的外面。

穆雷几乎是连滚带爬地撞在了一个身材魁梧的大汉的鞋子上，那个大汉穿着一件橙色的工作服，套着一条背带牛仔裤，头盔上醒目地写着几个大字：

独眼巨人拆除公司

大汉一把抓住穆雷的皮带，如同抓一只小鸡一样将他提了起来。

"瞧瞧，瞧瞧，我们在这里遇见了谁？"他用略带嘶哑的声音说道。

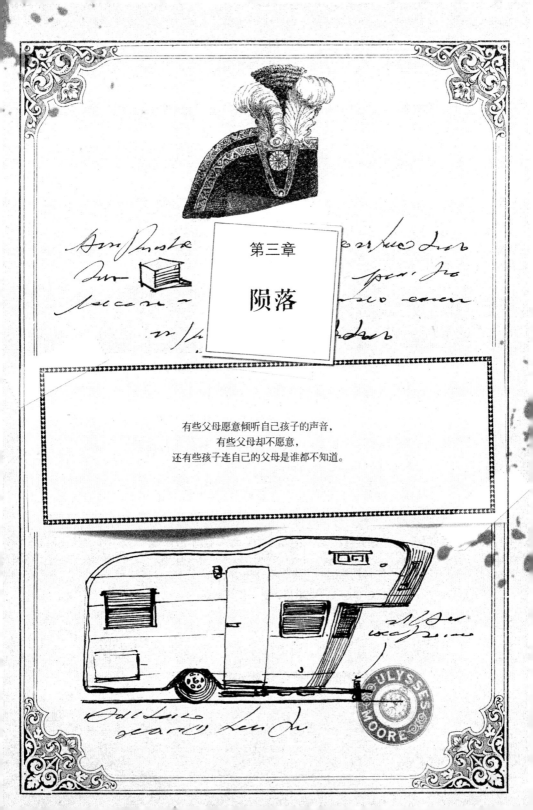

第三章

陨落

有些父母愿意倾听自己孩子的声音，
有些父母却不愿意，
还有些孩子连自己的父母是谁都不知道。

"我可以……进来吗？"穆雷的妈妈问道，见无人回答，她便缓缓地走进了一节已经脱钩的房车车厢里，四下张望起来。

两个孩子坐在车厢的尽头，车厢里还有肖恩的爸爸维特灵和正坐在电脑前的工地负责人，是他打电话把自己叫来的。

"是克拉克女士吗？幸会。"负责人见到穆雷的妈妈之后打了招呼。车厢的顶部比较矮，所以几个人只有低下头才能够挤在里面，"很抱歉打电话让您过来，可是……"

在几个人相互问候的同时，穆雷和肖恩的表情已经说明了一切，同时电脑的黑白屏幕上则显示着两个人进入大楼的画面。

克拉克女士瞪了自己的儿子一眼，穆雷根本不敢与之对视，女士摊开双手问道："我想问一下，你们为什么要这么做呢？"

"肖恩？"维特灵先生对着自己的儿子问道。

肖恩偷偷地看了一眼自己的小伙伴，仿佛在征询他的意见，然后叹了口气，轻声说道："真是对不起，我们……其实只是在玩一个游戏。"

"一个游戏？"他的爸爸反问道。

"是探险游戏，我们只是想去看看。"肖恩嘀咕着回答，"我们看到了那些挖掘机，然后我们就停了下来，也没想到里面会有炸药。"

"那里的外面可是贴满了警告标识。"负责人提醒道。

"我们没有看到那些标识。"肖恩低声说。

"但是这位先生说那里有很多标识。"他的爸爸反驳道。

肖恩耸了耸肩，"可能我们没有注意到。"他的回答有些苍白无力。

维特灵先生点了点头，也没再多说什么，然后转向了工地负责人，问道："现在你们打算怎样处理这件事情呢？"

负责人的身体向后靠在了椅背上。

"其实这件事在我们看来，只有两个解决方法，第一个就是通知

警察……"

克拉克女士丧气地闭上了眼睛。

"有那么严重吗？"维特灵先生反问道，"毕竟，没有造成任何严重的后果。可能您想象不到，我在去工厂里上班之前，也曾经是一个建筑工人。"

"是吗？在哪里工作呢？"

"在考克的阿什莫林＆皮特建筑公司里上班。"

"哦，我听说过这个名字，是很大的一家公司。"

"是的。"维特灵先生搓着双手，挤出了一个微笑，"每次我们工作的时候，总会有一些小鬼跑来工地上。"

工地负责人这时也笑了笑，说道："这倒是真的，不过……"

"而且，如果这些孩子看到挖掘机都不愿意停下脚步看上一眼的话，等他们长大之后还有谁会来继承我们的工作呢？我想，即便是您也无法保证在小时候一直都没有做过错事吧。"

"嗯，嗯……"

"难道说您以前从来都没有偷偷跑进过工地吗？"

"我可从来都没有去过那些放有雷管和炸药的工地。"

"其实，"这时肖恩低声说道，"虽然我没有看清楚那个炸药，但是我觉得那个东西应该是通过无线电远程操控的，同时炸弹上还安装了一个精确到毫秒的计时器，以保证它和其余的炸弹同时爆炸。"

两个大人有些惊奇地看了肖恩一眼。

"您明白我的意思了吗？"维特灵立刻附和道，"这次的闯入并非只是单纯的顽皮，他们显然是对这些东西抱有很大的兴趣。"

工地负责人在座位上前后晃动着，看上去有些犹豫不决。"但是他们两个人的行为实在是太鲁莽了。"他补充说。

"是的，太鲁莽了。"肖恩的父亲说道，"但是就这一点来说，请您相信我们，克拉克女士和我一定会让他们牢记这个教训的。"

负责人并没有马上接话。

"请问您结婚了吗，先生？"维特灵问道。

"我结婚已经有十五年了。"

"有孩子了吗？"

对方点了点头。

"那我想请问一下，如果您的孩子犯了错误，您是希望由自己来教育呢，还是希望把孩子交给警察，然后被送去管教所呢？然后这些政府部门也许会派一个心理医生来让您和您的爱人做一些心理测试，又比如说，如果您像我这样已经失去了妻子，正在想办法一个人带大一个孩子，钱也所剩无几，而且工作又不稳定……"

"维特灵先生，我想……"

"那里有一条玩具赛车的赛道。"这时穆雷突然打断道，所有人都转向了他，他拨开了眼前的头发，继续说，"在大楼的入口处有着这个世界上最大的玩具赛车车道，比这个车厢还要大十倍。我敢确定，因为我的一位教授之前就住在这里。事实上如果那条赛道连同整幢大楼一起被毁掉的话会是一件非常遗憾的事情。而我和肖恩也是为了这件事才会进到大楼里面去的。我们想去看一下那条赛道是否已经被拆除并放到别的地方去了。"

房间里的三个大人相互看了一眼。

"他说的是真的吗？"过了一会儿之后维特灵问道。

工地负责人摇了摇头，回答说："这件事情根本想都不要想了，明天，最晚后天，这幢大楼就必须拆除。"

"我问的是那条赛道，到底是有还是没有呢？"维特灵先生锲而不

舍地追问道。

"可是您刚才说的第二种解决方法是什么呢？"与此同时克拉克女士突然插话问道。

"我再也不想在这里待下去了……"这就是米娜在踏进家门不久之后的念头。而就在几秒钟之前，在打开家门之前，她还有些扬扬得意：她的手上拿着数学试卷，这次的成绩又是全班第一。

在她的脑海里，想象着自己走进了房间，放好书包，先走到餐厅，亲一口奶奶，然后骄傲地宣布自己考试成绩是第一名的画面。

米娜还希望能够像奶奶特别爱看的印度电影里演的那样，一家人在玫瑰花瓣雨中翩翩起舞，而爸爸会端上美味佳肴来犒劳她。要知道这可是全班第一！米娜甚至还梦想着（这可真算得上"梦想"了）自己的爸爸会感谢三大主神赐予了自己一个如此聪慧的女儿。

然而，当她打开房门的那一刻，便立刻感觉到了空气中的一丝不安。米娜穿过了走廊，亲了一下奶奶，然而奶奶却用印度语轻声告诉她不要说话，因为爸爸正在气头上。

不过米娜并没有及时听进去这个忠告。"为什么你们每个人都愁眉苦脸的呢？"说完这句话，很快她就意识到了情况不妙。

她的妈妈用恳求的眼光看着她，而爸爸则继续抱怨着那家跨国公司不守信用的举动，仿佛这一切都是自己家人的错误一样。

米娜感到自己的脑袋都快要爆炸了。

"我再也不想在这里待下去了……"她心想。

她已经出离愤怒了，大喊道："我受够了！"

屋子里在这一瞬间突然安静了下来，仿佛时间静止了一般。米娜将自己全班第一的那份考卷扔在了桌子上，说道："如果你们还关心的话，

21

我这次数学考了十分，是全班第一。而且，我这就离开这个家！"

话音一落，她径直走向大门。

从她的身后传来了盘子和餐具摔在地上的声音，不过米娜头也不回。

"米娜！"她的爸爸喊道。

而与此同时，妈妈也在一旁说道："你就不能闭嘴一次吗？"

米娜的脸上露出了一丝微笑，但是却仍然没有停下脚步。

"米娜，亲爱的？"妈妈喊她。

"我说了什么错误的话吗？"爸爸似乎仍然有些不甘心。

但是米娜头也不回，双手有些颤抖地打开大门走了出去，然后一路飞奔，直到图书馆门口才停下来。

她的眼睛里没有眼泪。

心里意外地十分平静。

"你是说……一艘长约八米的船只？"港务局的一位工作人员确认道，"而且船上还有三台电脑？"

"是的，是一艘老式的拖船。"康纳坐在工作人员的面前，双腿交叉着回答说。

"而且你就住在那里？"

"没错，我就把它停泊在大学后面的不远处。"康纳指着墙上的地图说道，"而且除了电脑之外，船上还有我的衣物、锅子、书本这些日常用品。难道说我报失的话需要列出所有的物品清单吗？"

"锅子、书本、衣物……"工作人员一边嘴上念着，一边记录着。

"而且在船的顶棚上还有一个菜园，里面有太阳能电池板、热水器，还有……还有一个自动灌溉系统，如果说油没有用完的话，这个系统仍然是可以工作的。"

工作人员抬起头，看了他一眼，问道："你是在拿我寻开心吗？"

"没有，我当然没有在开玩笑，我为什么要那么做呢？依塔卡号确实是我的家，您可以核实的，我还有所有的文件呢。"

说完，康纳递过去一些填完的表格，工作人员快速浏览了一下，接着说道："你说你是在海上弄丢你的船的？"

"是的。"康纳回答说，"我不知道会不会有人在海上见到一艘废弃的无人船，如果见到了也许会来通知你们的，不是吗？"

工作人员将钢笔的一端放入嘴里做出不解的样子："如果真的有人见到的话，也许会来通知我们，不过……我很疑惑你们是怎么在海上弄丢一艘船的，难道你们是在开派对然后都喝醉了吗？"

"关于这一点，我刚才已经说过了，这对于我们来说是一次非常痛心的经历，请您相信我说的话。"

工作人员看了一眼自己之前记录的内容："你的确说过，你们是在经过一座漂浮着垃圾的岛时遗失了你的船。"

康纳点了点头。

"一座漂浮着垃圾的岛……说实话，在我们港务局，从来都没有人向我们汇报过有这样一座岛。"

"除了历史之外还有许多传说的，先生。"康纳强调说，"而我们确实是遇上了一些奇怪的事情。"

工作人员若有所思地点了点头，说："就像是巨大的克拉肯海怪，或是鹦鹉螺怪兽之类的东西吗？"

"差不多是那种传说吧。"

"好的，我明白了。"工作人员似乎恍然大悟的样子，继续说道，"那么我们现在能够做的就是，如果哪一天有人在某个地方见到了你的船，我们会打电话通知你。"

　　"最好还是我时不时地到这里来问您吧，先生，因为我的手机在我的……新家里时总是信号不太好，不管怎么说，还是要谢谢您的帮忙了，希望你们能够尽快找到我的船。"

　　"一座漂浮着垃圾的岛……"工作人员仍在嘀咕着。

　　康纳站起身来，说："我们永远都不知道大海中还隐藏着什么神奇的东西，先生。"

　　"也许这句话你可以和你的妈妈去说，孩子。"

　　"我也想这样啊，"康纳回答说，"但是我是一个孤儿。"

　　港务局的工作人员耸了耸肩，脸上露出了歉意的表情，然后握住康纳的手，诚恳地说道："真是太抱歉了，我不知道这些事情。"

　　"没关系的。"

　　"但是你告诉我的这个信息却让整件事情变得有些有趣了。"

　　"为什么？"

　　"因为通常来说孤儿是没有时间来编一些无聊的故事的。"工作人员一边和康纳道别，一边说道。

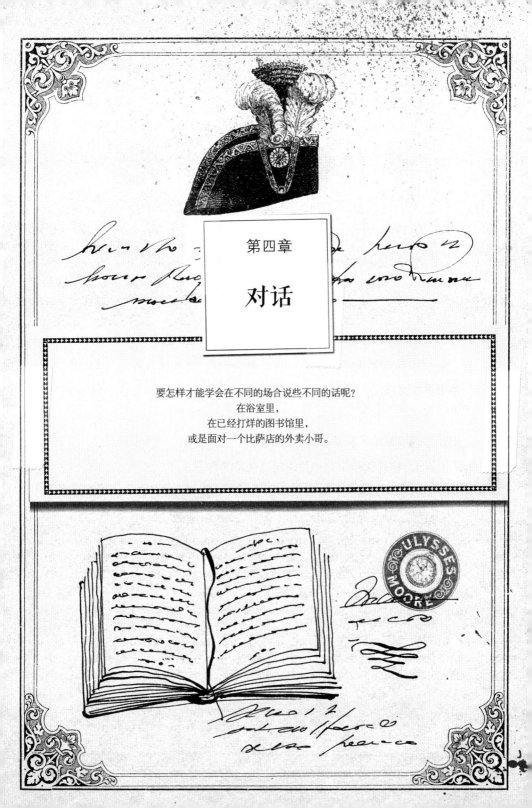

第四章

对话

要怎样才能学会在不同的场合说些不同的话呢？
在浴室里，
在已经打烊的图书馆里，
或是面对一个比萨店的外卖小哥。

穆雷轻轻地敲了敲浴室的门，在确认无人回答之后他将门打开了一点点。

妈妈躺在浴缸里，热腾腾的蒸汽充满了整个房间。她双眼紧闭，身体完全放松。

穆雷来到了浴缸边，席地而坐，浴缸里的泡沫令他联想到了那些远方的岛屿。

"我感到很抱歉。"他整理了一下情绪之后开口说道。

"我不会告诉你爸爸的。"妈妈的一句话就像是已经为整件事情画上了句号。

"你大概已经有好几个月都没有同他讲话了。"穆雷嘀咕着。

妈妈在浴缸里动了一下，转头看着他，"你又是怎么知道的呢？"她缓缓地问道。

穆雷并不想告诉妈妈自己曾经去监狱找过爸爸，也不想告诉她自己把写的故事带给了爸爸。

"因为你好久都没有和我说起过爸爸的事了。"

妈妈的身体再次在浴缸里动了一下，水蒸气沾满了窗户，并在玻璃上形成了一层厚厚的雾。

"拜托，穆雷，在这个时候你就别来掺和这件事了，可以吗？"

"别来掺和什么事？"

"不要做一个太固执的人。"

"我不是一个固执的人！"

"不，你是的，确切地说我们都是！也许我们应该学会去放下一些事情，你觉得呢？"

"你是在说赛车道的事情吗？我……"

"我不是在说赛车道的事情。"妈妈回答说，"我只是想如果等你爸

爸从监狱里出来的时候，我不得不告诉他你在一幢废弃的大楼里被炸上了天，那该是一件多么遗憾的事情，你不这样认为吗？"

穆雷被妈妈的话给逗笑了，平静了下来。

"他什么时候才会出狱？"

"要是律师能够说服法官的话，大概再过一个月就可以出来了，不然还得等上四个月。"

"那你为什么不去看望他呢？"

"因为你爸爸让我保证说不去看他，可能他不想让我见到他身陷囹圄的样子吧。"

"我觉得你还是应该去一下。"

妈妈有些疲惫地微微一笑，说："这话我已经不知道对自己说过多少遍了，你以为我不想他吗？特别是当你给我搞出这种事情之后。"

"对不起。"

"我也知道你感到很抱歉，"妈妈从浴缸里伸出一只手来，摸着穆雷的头，"你可以答应我一件事情吗？"

"我答应你再也不会去做这种傻事了。"

妈妈笑了笑说："我觉得你应该答应我一些你可以做到的事情。"

"那你觉得我应该答应你什么呢？"

"答应我等我一洗完之后你就会马上来洗澡，不许找借口！"妈妈指了指浴缸里的泡沫说道，"我不知道你和你的小伙伴到底在那里做了些什么，但是我不希望再在这个家里听见这些事情。"

米娜沉浸在书中。

和往常一样，这是能让她远离烦恼最有效的方式。整个下午，她一直都在读一本关于一位年轻魔法师跟随着自己的影子在陌生的海域和群

岛之间冒险，并在最后找到了自己的炽热之心和幸福的故事书。*

在图书馆里，时间过得飞快，一眨眼的工夫就已经从白天变成了晚上。四周的灯全都亮了起来，而原本在她的那个房间里偶尔出现的脚步声也都已经没有了，这里只剩下了她一个人，米娜觉得没有比这更令人高兴的事了。

一边看着故事她一边回想起了自己和穆雷、康纳、肖恩以及加里比教授一起经历的那场神奇的冒险，他们发现了一些了不得的秘密，而所有人都守口如瓶，甚至连布拉迪兄弟都没有说。

伙伴们乘着共同修理好的墨提斯号，跟随着蓝色之海的洋流，经受住了庞然大物、漂浮岛和回忆迷雾圈的考验。这些画面仿佛和她正在阅读的书中的情节融合到了一起，就连他们在基穆尔科夫见到的那些人，包括摩尔女士和年轻的瑞克·班纳船长也似乎在一瞬间出现在了故事书的情节里。米娜的思绪就这样往返在现实与虚幻之间，这时她已经无法分辨书中的法师和那些游荡在基穆尔科夫附近海域的印地会船只，到底哪个才是真实的了。

直到……

"小姐？"一个声音的出现令她重新回过神来。

在这一刻，米娜感到站在自己面前的就是内梅西斯号的那位船长——瑞克·班纳，她有些神情恍惚，不过很快一切便恢复了正常——时钟、灯光，还有面前的这个人。

米娜认识他，这个有着一头鬈发和长长鼻子的男孩一直都在图书馆里工作。

"我们马上就要关门了。"男孩对她说。

---

* 注：根据描述来看这里提到的应该是乌苏拉·莱奎因写的《地海传说》的第一册。

米娜一下子将书拿开，就像是做了什么错事后被人看见了一样，她很快站起身来。

"真是太抱歉了！"她满脸羞愧地说。

"该说抱歉的应该是我才对，打断了您看书。"

他居然对我用了尊称"您"，真是奇怪啊。米娜心想，之前也是这样的吗？

不过她似乎并不记得了。

她伸手捋了捋自己的头发，显得有些紧张："我都没有注意到。"

"我有时候也会看书看到废寝忘食的。"男孩微笑着说，然后他指了指米娜手上的那本书说，"您可以带走这本书。"

"可是我还没有……"

"没关系的，明天早上我会来做记录的。"

两个人边说边一起走向了出口。

来到出口的旋转门，米娜停下了脚步，她还不知道这个男孩叫什么。

"我叫马修。"

两人握了握手。

随后米娜有些浑浑噩噩却又满意地离开了图书馆，甚至忘了把自己的名字告诉对方。

也许她觉得男孩已经知道了自己的名字。

比萨店的外卖小哥睁大了双眼盯着面前的这艘船。

墨提斯号停在河岸边，伴随着水流缓缓地上下晃动着，四周围着一些栎树枝来伪装。

"天哪！"当康纳在钱包里找零钱的时候，外卖小哥至少已经赞叹了十来次了，"这可是我到现在为止最特别的一次送外卖了，尽管我的

摩托车不知道是什么原因发动不了了。”

"你可以推着它离远一些，"康纳将手里的硬币递了过去，同时说道，"也许它就可以再发动起来。”

"这到底是什么？一艘帆船？”

"它的正确名字应该是德拉卡尔，是一艘维京帆船。"康纳回答说，"当然它已经经过了改装，所以是独一无二的。我们把它的侧板加高，龙骨加固，还做了一些内部装修，只有这样里面才能睡觉。”

外卖小哥看都没有看手里的钱，就直接将硬币放进了口袋，问道："为什么你会睡在这里面呢？”

"这个……谁知道呢？”

"真是太酷了！"小哥戴上了头盔，不过却没有要离开的意思，"那你是，我是说……"他打开面罩，为了让康纳能够听清楚自己的话，"你是做什么工作的？”

"我之前是一个游戏程序员。”

"是真的吗？”

"当然，但现在我已经不做了，这段时间我主要做一点零工，像是接下来的几天有一个工地上有活要做，然后还有一家人搬家也需要我……差不多是这样吧。”

"可是，其他的生活必需品，比如灯、电话……厕所，这些问题你怎么在船上解决呢？”

"灯我可以用蜡烛来代替，电话平时我都是用的大学里的公共电话亭，至于厕所和洗澡……一般我会在树林里解决，然后如果需要的话，我就去朋友家里洗澡。"康纳抓住了船侧面垂下来的绳梯，准备上去，"你要上来转一圈吗？”

"你说什么？啊，不用了，谢谢！"外卖小哥摇了摇头，然后戴好

面罩，"要是我五分钟之内不回到店里的话，他们会开除我的，不过，说真的，伙计，你可真是太厉害了！"

康纳笑了笑。外卖小哥推着摩托车沿着来的那条道路离开了，一段距离之后，摩托车终于能够再次发动起来。

"你可真是有点厉害呢！"康纳轻轻抚摩着船身，嘴里念叨着。他来到了方向舵的边上，看着夜晚的星空，脑子里想着第二天早上的工作。

"我先开动啦！"他微笑着将一块比萨塞进了嘴里。

第五章

意外事件

卡车上、浴室里、邮箱中，
你永远都不会知道意外会出现在什么地方。

❝你们有一天的时间，可以把这里想要拆除的东西都拆掉。"独眼巨人拆除公司的负责人一边说着，一边递给康纳和肖恩一人一顶安全帽，"然后你们可以把东西放在那里。"他指了指外面的一辆卡车，然后又指了指卡车边上两个高大的工人说道，"大卫和雅各布原本今天是要休息的，不过他们决定过来帮你们一把。我晚些时候也可能会过来看一眼你们的进展。"

看来，穆雷和肖恩到这幢废弃大楼来挽救世界上最大的玩具赛道模型的事迹已经传遍了整个工地，并且成功勾起了那些建筑工人的童年回忆。

"你们团队里的老三克拉克呢？"负责人问道。

"他还在学校里。"康纳回答说，"一放学他就会过来和我们会合的。"

"放心好了，他肯定巴不得一直待在这里工作呢。"肖恩说着戴上了头盔。

"啊，对于这一点，我丝毫不感到意外。"独眼巨人拆除公司的工地负责人说道。

"不管怎么说，这次真是太感谢您了，先生。"肖恩继续说道。

"你应该感谢的是你的爸爸。"负责人说，"还有就是要注意别弄伤了自己，因为按道理来说你们是不可以进入这里的。"

"请您放心好了。"康纳一边调整着安全帽的绑带，一边保证着，"就算是在深海里遇到撞船事故，肖恩也可以毫发无伤地渡过危机。"

工地负责人点了点头。

这时两位壮汉走上前来握住孩子的手，"那我们现在可以开始动手从里面搬赛道模型了吗？"两人笑着问道。

"当然！"康纳回答说。

"我想你们应该已经想好要把这些东西搬去哪里了，是吧？"

"哦，是的，"康纳回答说，"我们有些朋友，怎么说呢……他们住的地方还算宽敞。"

"而且，等我们把东西都整理好之后，一定会邀请你们一起来参观的。"

"嘿，弟弟！"当天下午，布拉迪兄弟中的哥哥摘下耳机说。

"怎么了？"弟弟问道，同时双手拿着一个游戏机的手柄不停地按着 A 键。

"你听到这个声音了吗？"

"没有。"

"你听见我说的话了吗？"哥哥一边问着，一边挡住了电视机的屏幕。

弟弟有些着急地挥了挥手，喊道："你在干什么呀！不要哇！我这才……刚刚……"

伴随着一阵巨大的爆炸，屏幕上出现了 GAME OVER（游戏结束）几个大字。

弟弟生气地将手柄扔在地上，摘下耳机喊："你这个大傻瓜，我还差一步就要抵达 X 星球了！"

"我说了我听见了一个声音。"

"那又怎样？"

"很像是汽车的声音，很响，你听到了吗？"

"有可能是爸妈他们。"

"他们今天不在，要明天才回来呢，家里有厨师给我们准备吃的，晚些时候布拉迪叔叔会来家里看比赛，这样他们就可以确定我们俩确实都乖乖地待在家里。"

"很好。"

"什么很好？"

"我是说比赛很好，而且布拉迪叔叔有时候还会让我尝尝啤酒的味道。"

马达的声音并没有远去，反而越来越响，这令整个房间都开始颤抖起来。听上去像是一辆拖拉机或者重型卡车正在靠近。兄弟两人来到了窗边向外望去，发现声音的来源的确是一辆卡车。

"那不是康纳吗？"布拉迪兄弟中的一人问道。

"康纳？他怎么会来这里？一般来说他可不怎么抛头露面，而且我还等着他一起玩《星战前夜》的新关卡和《暗杀者工会》呢！"

"真的是他，而且还有肖恩和穆雷。"

"看来他们已经完成海上之旅了。"

"我想是的，不过他们几个人看起来都灰头土脸，脏兮兮的。"

"你这么一说还真是的。"

"如果我们就这么让他们进来的话，妈妈和叔叔会杀了我们的。"

"也许他们不一定会进来呢？"

"那他们来干吗？"

布拉迪兄弟透过窗口向小伙伴们打了个招呼，在听完康纳说明来意之后，两人几乎不敢相信自己的耳朵，这真是太意外了。

他们兴奋地关上了窗户。

"他们想要把一条汽车赛道模型放在车库里！"

"天哪！"

布拉迪兄弟相互对视了一眼。

"穆雷说这个赛道模型很大。"

"越大越好玩！"兄弟中的一人已经跑出了房间，"我们快点去看

一下！"

"弟弟！"另一个人喊道。

"怎么了？"

"如果我们现在就出去看的话，"哥哥低声说道，"他们一定会让我们帮忙卸车的。"

弟弟在楼梯边停下了脚步。"啊！"他脱口而出。

"不过如果我们假装，有其他事情要做……重要的事情……"

"啊，你真是太狡猾了，这样一来所有的事情就可以都由他们来做了。"

"你看，这下你就听进去了对吧？我们再玩一盘游戏，看看能不能进入 X 小行星里，然后再去看一眼那个汽车赛道模型，怎么样？"

"好嘞。"弟弟说着，捡起了地毯上的手柄。

穆雷已经完全感觉不到自己的手臂和双手了，他如同一个幽灵一样走上楼梯，浑身上下盖着一层灰，他一言不发地走进了浴室，将热水开到最大，稍等片刻之后躺进了浴缸，像是要被蒸汽融化一样。

"今天怎么样了？"妈妈在楼下问道。

"我们已经把模型搬走了！"

事实上，算上工地负责人在内，他们一共是六个人，工作了整整一天大家才将加里比教授的这个赛道模型一件一件地拆除，进行编号之后装上了卡车，最后送去了布拉迪兄弟的家里。

穆雷的脸上露出了微笑，将双手浸入热水里。当布拉迪兄弟两人看到自己家的车库里堆满了各种各样的模型部件之后，他们的脸都吓白了。

"这下我们该怎么向爸爸和妈妈交代呢？"两人问道。

"告诉他们今后别让你们看家了。"康纳回答说。

穆雷躺在浴缸里，听着流水声，还有楼下传来的锅碗瓢盆的声音。

一切的努力都是值得的，穆雷感到很满足。

浴室里的浴缸很大，因为爸爸和妈妈都喜欢泡澡，这可以说是他们一整天里最放松的时刻了。穆雷的身体慢慢向下滑，几乎将头埋进了水里。他听着自己的身体在水里的声音，这种感觉非常奇妙。

就好像是他的身体已经不再属于他。这种感觉他记得曾经有过，那个时候自己还是一个孩子，和爸爸一起洗澡的时候也像这样把身体都泡进水里。

把头埋进水里真是一件有趣而又神秘的事情。

穆雷渐渐冷静下来，任由自己的身体被水的浮力托起。

他想到了大海的声音。

正在这时，他听见远处传来了一阵响声。

伯—林—翰！

伯—林—翰！

他一下子探出水面，张大嘴巴深吸了一口气。是有人敲门吗？还是他的妈妈打开了电视？

穆雷一个人坐在浴缸里，整个浴室里只有他自己。

"妈妈？"

没有人回答。

浴室里只有他自己。

穆雷看着油腻腻的水面，几乎见不到自己的倒影。

"这真是太奇怪了。"穆雷心想。

他用手撑着浴缸的边缘，想要起身，但是很快他再次放松了双手，任由自己缓缓滑进水中，来自远方大海的声音再次传入了他的耳朵。

这个声音缓慢而沉重，充满了回声，就在穆雷快要憋不住气的时候，他听见了：

伯—林—翰！

穆雷强忍着呼吸，继续将头埋在水下。

"那些链条！"那个声音似乎说道。

泽祖拉！

泽—祖—拉！

此后穆雷便再也听不见任何声音了。

他惊恐万分地探出水面，不停地咳嗽着。

"穆雷，你还好吗？"妈妈的声音从楼梯那边传来，"难道浴缸里有鲨鱼吗？"

"我很好！"穆雷又咳嗽了两声，任由水滴落在地板上，他拿起浴巾，擦干头发，然后莫名其妙地打了一个寒战。

接着他拖着疲惫的身体走下了楼梯。

"妈妈，我们有认识名字叫伯林翰的人吗？"穆雷坐到了桌子前问道。

"就我所知好像没有。"妈妈回答说，"为什么这么问呢？"

"那……泽祖拉呢？"

妈妈端了一盆鸡腿配青椒放到了桌子上，问道："你是在哪里听到这些名字的？"

"说出来你也不会相信。"穆雷说，然后切了一块鸡肉放进了嘴里。

次日，在学校，穆雷和米娜先后跑到了校门口。

"说出来你肯定不会相信。"两人异口同声地说道。接着便一起笑了起来。

"你要说什么？"

"不，你先说！"

穆雷的双手有些颤抖："我听到了一些声音，就在我家的浴缸里。"

米娜忍不住大笑起来。

"是真的！我向你保证！"

"那你告诉我那些声音说了些什么？"

"伯林翰，"穆雷回答说，"还有零星的几个词，像是什么链条啊……还有……泽祖拉。"

米娜叹了口气，说："看来你真是累坏了呢，对了，那条赛道模型怎么样了？"

"你不相信我说的话吗？"

"不是我不相信你的话……"

两人一同走进了校门，不时地和同学们打着招呼。

"而是我收到了这个。"米娜说着偷偷递给穆雷一样东西。

这是一张白色的明信片，上面用黑白色打印着一个海边小镇的风景，小镇的边上有一座陡峭的悬崖。

"基穆尔科夫！"穆雷一下子就认出了明信片上的这个地方，他翻过明信片，看到背面留着米娜的地址，同时还有一条简短的讯息：

亲爱的小伙伴们：

　　班纳船长和加里比教授突然失踪了，我们需要你们的帮助。

　　　　　　　　　　泊涅罗珀和基穆尔科夫最后的反抗者们

"我的天！"穆雷低声说道，"你是怎么收到这张明信片的？"

"今天一早我在房门口的地上发现的。"米娜回答说，"难道是夜间邮件派送？"

"之前他告诉过我们，如果需要我们的话，他们就会写信。"

"你的想法和我的一样。"米娜点了点头。

两个人心事重重地走了几步，来自基穆尔科夫的这封信令穆雷无暇再想自己前一天在浴缸里听到的那个声音。

"我们得尽快通知其他人。"

"有一点我没有注意，这张明信片上贴邮票了吗？"当两人穿过教室前的走廊时穆雷开口问道。

"这点很重要吗？"

"我只是好奇他们从基穆尔科夫寄出来的明信片是怎么贴邮票的。"

"我收到的时候上面没有邮票，但是……"米娜将书本紧紧抱在胸前，"穆雷！我觉得我越来越听不懂你说的话了。"

"我的意思是说，你相信基穆尔科夫是真实存在的吗？"

米娜第三次开口大笑，说："哦，穆雷！你怎么还在问我如此没有意义的问题？"

穆雷也只能陪着干笑，然后整理了一下头发，有些尴尬地说："我也不清楚，只不过，这一切有些太超出我的理解范围了。"

"可是当初是你说服我们跟你一起出发的呀，一路上我们一起经历了鲸鱼的考验，跨过了漂浮岛，穿越了迷雾圈，还撞翻了一艘幽灵船，最后才到达了基穆尔科夫，而你……你……现在竟然开始怀疑它是否真的存在？"

"加里比教授失踪了。"穆雷嘀咕着，"而且现在他们需要我们的帮助。"

"话说回来，我们也得抓紧了，如果不在十秒钟之内进教室的话，我们也会有麻烦的！"

当两个人出现在河堤上时，康纳便预感到出发的时间已经到来。

前一天晚上，尽管湖面十分平静，但是墨提斯号却显得十分兴奋，如同一匹战马期待着即将踏上战场一样。

"布拉迪兄弟那边有消息了吗？"穆雷问道。

"仍然没有什么进展。"康纳回答说。

"他们俩到底是怎么回事？"米娜问道。

"这是男人之间的问题。"康纳回答说，似乎是有意想要引米娜生气一样。

米娜叹了口气，将明信片递了过去。

康纳点了点头，他的心里对此已经有所准备了。

他每天晚上都会翻阅那本《蓝色之海航行书》，等的就是这一刻。他一直在尝试记住连接不同虚幻之地的洋流方位，而且他也在航行书上对于他们上次的旅行重新复盘了上百遍，并将航海图与自己所看到的地点进行了比对。

"那你们打算怎么做？"他问其他两人。

"我们就是来和你商量这件事情的。"

年轻的程序员耸了耸肩，说："就我而言，我们肯定越早出发越好，如果你们愿意的话，甚至可以马上就出发。"

"可是肖恩还没来呢。"

"对我来说现在还不能离开，"米娜说道，"我至少得等到星期六。"

"我觉得星期六没问题。"穆雷说。

"这样的话我们至少可以准备一下必需品。"康纳说。

"那肖恩该怎么办？"穆雷有些担心地问道。

康纳叹了口气。

"你们能告诉我发生了什么吗？"米娜有些疑惑地问道。

"肖恩和他的爸爸……嗯，该怎么说呢，就是言归于好了。"康纳解释说，"然后他们就一起去钓鱼了。"

米娜的眉毛挑了挑。

"这原本是肖恩的主意，"穆雷继续说道，"事实上他和他的爸爸在……那个……闹翻之前就经常一起去钓鱼。"

"准确点说那个应该叫分居，穆雷。"米娜更正道，"我倒是觉得这是一件挺普通的事。"

"在你们讨论家庭琐事的时候，请注意一下我就在这里呀！"康纳在一旁打断说，"不过我们就这几个人出发的话好像人数也不太够的样子。"

"尤利西斯·摩尔在他的书里说过起航的话最少两个人就可以了。"穆雷说。

"也许我们可以问一下布拉迪兄弟？"

"那我宁愿带上我的奶奶去，"米娜反驳说，"至少她还会做饭。"

三个人沉默不语。

"那你知道他们去哪里钓鱼了吗？"康纳站起身来问道。

他一只手扶在了墨提斯号上，感受到指尖传来的轻微颤抖，船只如同一头野兽正准备出笼，它用自己的语言表达着此时激动的心情。

尤利西斯·摩尔的爱船已经准备好出发了。

第六章

郊游

郊游是一件非常有趣的事情，
不过你得学会放长线钓大鱼。

　　"到底有多大？"维特灵先生问儿子。肖恩和爸爸站在水流的中间，相互靠在一起钓鱼。水流冲刷着他们的齐膝防水长靴，令靴子紧紧贴在小腿上。两人的手上都拿着鱼竿，悬在水面上，当见到水下的子线移动之后，便会尝试着拉一下鱼竿。

　　"我们把他家整个停车库都给占了，爸爸。"肖恩不假思索地回答说。

　　"不会吧，真让人难以置信。"

　　"如果想把那个赛道模型按原样组装起来的话至少得需要一整间屋子。"

　　"好吧。"维特灵嘴里嘀咕着，同时手上拉了一下鱼竿，接着他沉默了十来分钟，再次开口问道，"那个模型一共有几根赛道？"

　　"六根。"

　　维特灵先生又拉了一下鱼竿，"六根赛道？"接着又蹦出了一句粗口，这令肖恩感觉到自己已经成了一个大人，"我在小时候就一直梦想着要一个六赛道的赛车模型！不过现在已经太晚啦！"

　　"还有像过山车一样的上下弯道，爸爸。"

　　"是吗？"

　　"还有升降桥。"

　　"哦。"

　　"教授甚至还在墙里给赛道挖了隧道，不过那个我们可没法拆下来。"

　　"够了，儿子！你就别再刺激你可怜的爸爸了。"

　　肖恩笑道："那个工地负责人让我给你带个问候。"

　　"啊？"

　　"他还说这几天你们得通一次电话。"

　　"为什么？"

　　"谁知道呢？也许是为了和你商量在哪里装模型的事情吧。"

维特灵先生深吸了一口气，然后将鱼钩再次投出去。从他的表情里，肖恩可以猜得到爸爸的心里在想些什么——也许工地的负责人会给我一份工作，说不定他们的工地上还缺人手。不过像我这个年纪了还做得动吗？

肖恩一言不发，安静地站在爸爸的身边钓着鱼，要是他能够知道借助一次非法闯入工地的行为就可以和爸爸言归于好的话，他早就这么做了。

谢谢你，穆雷。维特灵先生心里想。

两人的前方，便是这条河流的入湖口，湖边同样站着一些正在垂钓的人，鱼竿在微风中形成了一条条优美的曲线。

"如果那个赛道模型就这样随着大楼一起毁掉那才真是可惜呢。"肖恩继续说道。

"如果我能够在每一件这种可惜的事情上都赚上一便士，那可就发财了！对了，要不要来一杯开胃起泡酒？"

肖恩点了点头，收起了鱼线，然后跟着爸爸一起走向岸边。在上岸之前，他在水里绕了一些路，在钓鱼之前，他在水流的下游放置了两个用来捕虾的网笼。肖恩看了一眼空空如也的笼子，有些无奈地转身向岸上的帐篷走去。父子二人的帐篷搭在一片小树林里，如同两位徒步旅行者，远离公路与尘嚣。两人并没有带什么现代化的娱乐设备，爸爸带了一台小型收音机，从买来开始，至今就没有更换过电池，因此爸爸称其为"不死的收音机"，据说用这台收音机偶尔还能够听见来自"另一个世界"的声音。肖恩则带了一本书。除此之外，他们还带了部分垂钓的工具，一把多用途小刀，一袋用来和鱼放在一起烹饪的土豆，还有一些罐头食品，以免钓鱼一无所获时会饿肚子。所有的一切都仿佛回到了肖恩的父亲还在工厂上班，母亲还在音像店里工作时一样。

当时每逢周末，全家都会过来野营，将手表挂在树枝上，享受着这一刻休闲的时光。

爸爸走在前面，步履轻盈，背影显得十分高大。他们走到树底下后，爸爸递来了一些开胃小食，这令肖恩胃口大开。等搭了帐篷之后，他们就可以烤上三四条抓到的鱼，一会儿可以大快朵颐了。

爸爸开始生火，同时肖恩开始洗鱼。

"你把那些鱼的内脏扔到抓虾的笼子边上吧！"维特灵先生建议说，"这样的话到晚上我们就能够吃上一顿丰盛的烧烤啦！对了，你有带柠檬过来吗？"

说起来柠檬可是垂钓爱好者的必备物品之一。

"遵命，先生！"肖恩一边说着，一边走向河边。

在走到半路的时候，肖恩听见从河里传来了一阵响声，肖恩抓紧手里的鱼，加快了脚步，想去看看是不是有什么动物钻进了网笼里，毕竟这已经不是第一次发生了。

不过，当他来到岸边的时候，却发现这个声音来自另一个不同的东西：一个巨大的黑色影子在河中劈开水流，停在了不远处，如同一头巨龙一样昂首挺胸。

一面彩色的船帆在风中晃动着，男孩能够清楚地看见船帆中间的黑色大字：

勇气

这两个字正是他在第一天登上船只之后就写下的。

肖恩的双手缓缓放下，手中的鱼得以顺利逃脱。

他抬起头，在河中央船的甲板上，他见到三对眼睛正注视着自己。

　　其中一个男孩有着一头黑色的头发和一双蓝色的眼睛，两颊长着一些雀斑；一个女孩有着一身黝黑的皮肤，黑色的双眼如同一对黑珍珠一般明亮；另一个金发男孩看上去有些高傲的样子，一手扶着方向舵，另一只手靠在船舷上，如同一位驾驶着跑车的公子正在一手握着方向盘，一条胳膊肘靠着车窗一般。

　　"嘿，肖恩！"康纳喊道，"你那边怎么样？"

　　肖恩的心头顿时涌上了各种情感：激动、意外，同时还有一些遗憾。

　　"你们怎么会来这里？"他反问道。

　　"我们是来找你的。"穆雷站在墨提斯号的船头上说道，"因为有人需要我们。"

　　"听我说，爸爸。"肖恩跑回帐篷，对着正在忙碌的维特灵先生低声说道，"我遇到了一些问题。"

　　维特灵先生将手头最后一块木头扔进了柴火堆里。

　　"什么问题？"

　　"我的小伙伴们……"

　　"你的小伙伴们怎么了？"

　　"他们需要我。"

　　"你是怎么知道的？"

　　"他们到河上来找我了。"

　　维特灵先生看着肖恩的双眼。

　　"他们开着我们的船。"肖恩继续说道，"好吧，我知道对你来说这一切可能有些奇怪，爸爸，但是他们，当然还有我，我们修好了一艘船，这不是一艘真正的船……也不是新的，我的意思是说这是一艘很古老的船……非常古老，就像是那种维京船一样，你知道吗？只是它不仅仅是

一艘普通的维京船，因为……我不知道该怎么向你解释，这是一艘很特别的船。不，用特别还不足以形容它，它能够让周围的电话都断线，你能明白我的话吗？加里比教授说过这艘船的名字叫墨提斯号，也就是'智慧'的意思。康纳说这艘船会自己选择航线，而且它一旦决定了航线，就几乎不会改变主意……它还能够根据不同的水流方向来选择航行路线……简直比航海员都准确。"

维特灵先生一言不发，他只是一直注视着自己的儿子，等到儿子说完之后，他才站起身来，冷静地问道："那你所说的问题是什么呢？"

肖恩瞪大了双眼问道："我可以和他们一起去吗？"

"是一件很重要的事情吗？"

"我想是的，爸爸。"

"出海？"

肖恩的脑袋一下子垂了下来。"是这样的，爸爸，我知道关于这件事情我应该早些告诉你的，但，事情发生得太突然了，所以……"他深吸了一口气，继续道，"爸爸，你可以把这种旅行看作郊游。"

"我问的不是这个。"维特灵先生打断了肖恩的话。

肖恩看着自己的爸爸。

"我的问题是：你们会出海吗？"

肖恩点了点头回答说："是的。"

"很好，"维特灵先生点了点头，然后问，"我们有没有足够的渔线去钓一些金枪鱼？"

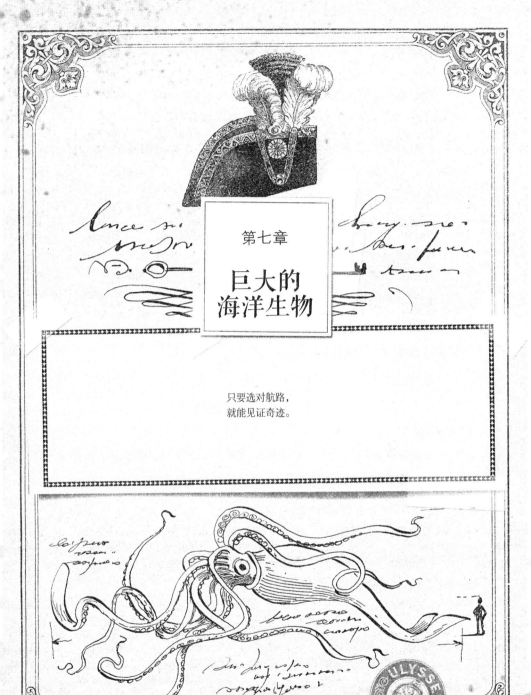

第七章

巨大的
海洋生物

只要选对航路，
就能见证奇迹。

"你们可以叫我伊斯麦尔，"维特灵先生在踏上墨提斯号之后自我介绍说，"你们可以直接用'你'来称呼我。"

在和所有的孩子握过手之后，他称赞了孩子们将船打理得非常好，同时还对船只如此之大啧啧称奇！之后他便来到了方向舵的边上，准备在整个航程之中不再离开那里。

他说不希望给其他人带来麻烦，让其他人就当他不存在。

但事实上这是不可能的。

康纳驾驶着墨提斯号，转向之后，就朝着大海的方向驶去。

率先开口对肖恩说话的是米娜。

"你还记得尤利西斯·摩尔说过的关于旅行的几条规则吗？"米娜将他拉到了一边，指着他的爸爸问道。

维特灵先生此时正在全神贯注地整理着自己那根长长的钓鱼竿，并时不时地对康纳的驾驶技术赞叹一番。"这艘船的发动机是藏在船尾后面的吗？"

肖恩让米娜不用担心，说自己已经告诉过父亲如果要登船的话，必须携带一本真正的虚幻故事书。

"那他有吗？"米娜问道。

"他向我保证说有。"

米娜转过头去，避开维特灵先生的身影，望向远方的海平面。

"希望如此吧。"她说了一句。

墨提斯号的船头起起伏伏，寻找着被虚幻旅行者们称为蓝色之海的洋流。按照孩子们的理解，这些洋流的走向和四周的大海不同，并且连接着一些通过特别的方式才能到达的目的地。

根据尤利西斯·摩尔在日记中的描述，如果想要找到蓝色之海的洋

流，就需要一位勇敢的船长，另外还需要一本虚幻故事书，或者是《蓝色之海航行书》，因为这本书上记载着历史上著名航海家所发现的蓝色之海的洋流位置。

孩子们现在所携带的这本航海书是泊涅罗珀·摩尔直接交给他们的，其中的书页通过一根加粗的丝线穿了起来。不过说实话，这本书并不像传统意义上那些画满了岛屿和海岸线的地图，而更像是一本星空图，那些借由蓝色之海连接的虚幻之地如同一颗颗空中的星星，同时，连接着他们的洋流如同星座图上的一根根线条，赋予了这些图案各种不同的形状。

孩子们出发的这座城市位于其中一条线的一端，而他们的目的地则位于地图上的另一端。

康纳几天以来一直在研究这份航海图，他引导着墨提斯号选择了距离基穆尔科夫最近的那条航线。

当他们接触到蓝色之海的洋流时，康纳明显能够感觉到手中的方向舵如同一个音叉一样开始震动起来，仿佛水流在欢迎着墨提斯号的到来，他松开双手，船只的方向舵便开始自行选择前进的方向，同时发出欢快的嗡嗡声。墨提斯号倾斜着转过一个角度，一阵神秘的风吹过，船帆鼓了起来。

孩子们在经历过上次的航行之后，知道这说明墨提斯号找到了正确的航线，因此发出了一阵欢呼声。

维特灵先生也感觉到了船只开始以一个不同以往的速度前进了起来，这种表现无法用他所知道的关于航海的知识来解释，于是他放下了手里那根略显多余的钓竿，抬头眺望着碧海蓝天的交界处。

在航行的过程中，孩子们都不自觉地来到了自己最喜欢的位置：穆雷站在船头，在那里他感觉能够成为第一个面对未知的人，而米娜和肖

恩则一人一侧，分别站在船两边放置船桨的地方。

墨提斯号在银光闪闪的海面上劈波斩浪地前进着，顺风满帆，没有任何障碍。

没多久，海面的颜色开始渐渐有了变化，从原来的银色变成了金色。

海浪渐渐变小，同时墨提斯号的速度也放缓了。

"你们快看！"穆雷在船头指着船身四周的水面第一个喊了起来，只见海水里布满了星星点点的金色光芒，看上去像是海藻或是小型贝壳一样。

"那是什么？"肖恩有些吃惊地问道。

"看上去像是一群鲱鱼。"维特灵先生靠在船舷上回答说，"哦，天哪！真的是一大群鲱鱼。"

"鲱鱼是什么，先生？"米娜被眼前这壮观的景象深深震撼了，问道，"我是说……伊斯麦尔……"

维特灵站在儿子的身边，一只手搭在了他的肩膀上，回答说："鲱鱼是鲸鱼的食物之一，如果我没有记错的话，事实上，我也从来都没有见过这种场面，同样我也没想到会在这一带海域见到这种鱼。"

不过这些鱼不但存在于这里，而且还围绕着船只的四周，如同成熟了的麦浪一样，伴随着墨提斯号划破碧波。众人不再说话，只听见肖恩的父亲仍然在那里对着鲱鱼群不停地大呼小叫，如同见到了梦中的场景一样。

正在这时，突然！"看那里！"维特灵先生几乎是扯着嗓子喊道。

孩子们看到在波浪中缓缓升起了一个白色的庞然大物，沿着蓝色之海的洋流前进着，如同在船头的前方升起了一座白色的雪山，晃动了几下之后，又开始慢慢下降，直到完全没入了海水里。

"那应该是传说中的大王乌贼！"维特灵先生用手捂着自己的嘴巴

啧啧称奇，不过他似乎并没有感到害怕，相反似乎还挺期待乌贼再次出现的。

而那个生物像是在回应他的想法一样，又一次出现在了海面上，这一次孩子们看清楚了它的全貌，这家伙长一百来米，浑身上下呈乳白色，触手像蛇一样可以伸向四面八方。

这个生物没有正脸，只是一个庞然大物，似乎在等待着某种奇迹的发生。*

"据说很少有水手能够在海面上见到这种生物。"维特灵先生自言自语着。

"那这下见过它的又多了五个人了。"康纳在一旁回答说，同时他驾驶着船只小心翼翼地试图绕开那个神秘的生物。

大王乌贼再次慢慢地潜入水里，同时海面上恢复了湛蓝和平静。

海风吹着墨提斯号那面五彩斑斓的船帆发出呼呼的响声，正当众人想着是否会再次见到神秘奇怪的东西时，基穆尔科夫出现在了他们的眼前。

---

* 注：这里的描述与赫尔曼·梅尔维尔在其小说《白鲸》中的描述几乎完全一样。

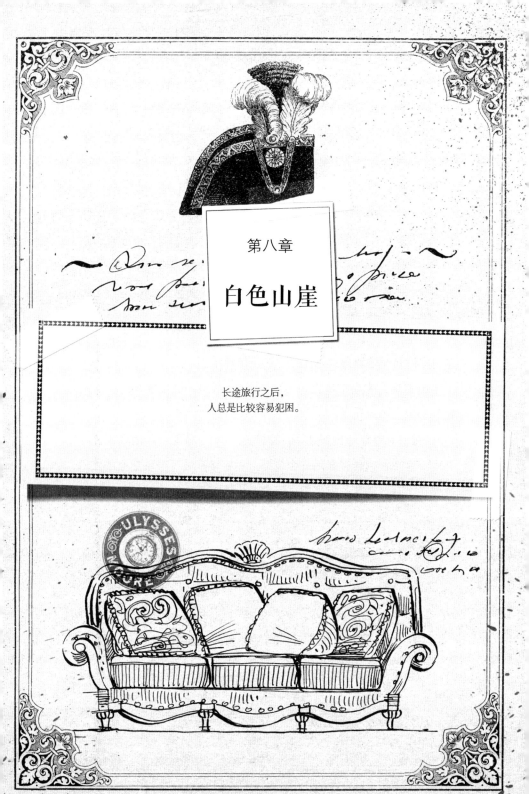

第八章

白色山崖

长途旅行之后，
人总是比较容易犯困。

这座古老的渔村看上去和他们离开的时候并无两样——小镇的一侧是一个半封闭的海湾，尽头处矗立着一座灯塔，而另一侧则是一座高耸的山崖，在其底部有着一个洞穴，阿尔戈山庄就位于山崖的顶上。

码头上停靠着一艘小船，此外只有一个人前来帮助孩子们把船靠岸。

"主人已经等候你们多时了。"迪斯科·特鲁普在船只和码头之间架上了一块木板。

肖恩的爸爸四下张望了一圈，一脸惊讶。一行人坐在一辆三轮小客车上，沿着蜿蜒曲折的山路登上了悬崖，直接向着阿尔戈山庄前进。一路上，他们见到了一些房门紧闭的屋子，一座废弃了的公园，三轮小客车时不时还得注意避开水泥路上的坑坑洼洼。

维特灵先生坐在车上，哈欠连天。"可是，这位主人……究竟是谁呢？"他含糊地问道。

"很快你就能够见到她了，维特灵先生。"穆雷平静地回答说。

小客车快速转过最后一个弯道之后直接开进了野草丛生的大门，然后停在了有些荒芜的院子里。阿尔戈山庄就矗立在院子的最深处，如同一位没落的贵妇，屋顶和阁楼破破烂烂的，上面的瓦片已经全部掀起，同时房屋的正面也已经年久失修。

"看来这里真的需要好好修缮一番……"维特灵先生眯着眼睛看着眼前的景象自言自语道，然后又打了一个大大的哈欠。

"我们欢迎任何形式的帮忙。"这时屋子里传来了一个优雅女性的声音。

泊涅罗珀·摩尔出现在了门口，身上穿着一件明显不是这个时代的长袍，白色的头发紧紧地盘在一起，绑成一个发髻。这场战争令这位反抗军的领袖显得有些憔悴。

她握着米娜的手，轻轻地说道："很感谢你们能够再次回到这里。"

"事实上我们本来就很想念这里！"米娜回答说。

"真的吗？"女士认真地问道。

"当然！"另两位小伙伴异口同声地说道。

"我是伊斯麦尔·维特灵。"肖恩的父亲用手揉了揉自己的眼睛，介绍说，"很高兴能够认识你，女士。说实话，这一切令我感到有些吃惊，因为我并不知道这些孩子所做的事情……"

泊涅罗珀伸出手，和他握了握手："欢迎来到阿尔戈山庄，维特灵先生。我叫泊涅罗珀·摩尔，如果不嫌弃的话，能否进来喝一杯茶呢？"

大约五分钟之后，肖恩的爸爸已经躺在阿尔戈山庄里的一张沙发上打起了呼噜，而肖恩则显得十分尴尬。"我也不知道他到底是怎么了，"肖恩不停地重复着，"我从来都没有见过他这个样子。"

他尝试着摇晃爸爸的身体，但即便如此，仍然没能够令爸爸醒来。

泊涅罗珀让肖恩不用担心，"在经历了这样一场长途旅行之后，这很正常。"

"很正常？"肖恩十分不解地问道。

"我和我的丈夫称其为'恢复性睡眠'，"抵抗军的首领解释说，"我和我的丈夫曾经遇到过好几次这种情况，我们一致认为这种困乏是人体自身的一种修复机能。你看看你的父亲，他的呼吸很沉，双手放松……所以没有必要在这个时候去叫醒他。"

肖恩点了点头，不过看上去仍然十分担心的样子。

"亲爱的肖恩，按照我丈夫的说法，对于那些之前已经不再拥有梦想的人来说，来到这里之后便会产生这种疲乏的感觉，我们通常认为这些人是阴暗和悲观的人，尽管在现实生活中他们可能并不一定会表现出

这些特质……"

"哦，我觉得你说得太对了，我的父亲确实就是这样的人！"肖恩有些吃惊地喊了起来，"当然他在生活中也确实并非如此！"

摩尔女士露出了慈祥的笑容，她那一对长长的耳环缓缓地晃动着："是吧？有可能他在还是一个孩子的时候就已经停止了拥抱梦想，又或者没人知道他是从什么时候开始不再幻想的。"

"他从很小的时候就开始工作了，"肖恩低声说道，"因为家里的经济条件不太好，所以……"

维特灵先生的呼声越来越响。

"我想他现在一定是感到非常满足了。"泊涅罗珀说道，"不过他看上去确实比预计的更累。"

"那他会这样一直睡到什么时候呢？"

"睡到他自己醒来为止，然后当他醒来之后，他可以再决定到底是相信自己的所见所闻，还是继续认为这一切只是幻觉。"

摩尔女士转过身来，后退了一步，然后面向其他孩子，她的声音一下子变得严肃起来："你们跟我到外面的走廊上来，那里是我们的作战指挥中心，我得把情况向你们说明一下。"

阿尔戈山庄的走廊面向着院子和大海的方向，对于整个海景可以一览无余。走廊里放置着一些椅子和一张桌子，桌子上摊着几幅地图和部分作战计划，此外，墙上还挂着一些地图、备忘录和名单。米娜还记得当时瑞克·班纳就是在这个地方向孩子们讲解了虚幻之地的事情，以及可以通过海上的洋流往返于不同港口的方法。

而现在所有的港口几乎都已经落入了一个控制着庞大军队的商业组织手里，这个组织自称是虚幻印地会。他们来的时候彬彬有礼，携带着

看起来十分诱人的独家商业协议，但实际上却计划着在每一个港口都布置上自己的船只。

在刚开始的时候，许多虚幻之地都接受了这份协议，允许印地会的船只进入自己的港口来为自己提供贸易的机会和保护，而印地会也因此得以掌控住了蓝色之海的大部分航道。起初一段时间，对于这些虚拟之地来说，能够依附于一个庞大的组织似乎是一件十分有利的事情，但是没过多久，这个组织的角色就从一个保护者变成了一个压榨者，而一切真相都知道得太晚了。

泊涅罗珀坐在一张藤椅上，吸了口气说："很高兴你们能够再次来到这里。和以前相比，这里的情况似乎正在不断地恶化。正如你们所知，在刚开始的时候，面对印地会的做法，我们只是感到难以相信，之后逐渐变成了觉得很恶心，而现在，我们被卷进了一场完全超出预期的战斗之中。不过之后我们得到了百来人的支持，其中包括来自陶尔米纳的特蕾韦莲女士、来自失去的世界的查伦杰教授、来自神秘岛的希鲁斯·史密斯以及来自科伦迪克的红衣男子 *……我们决定组织起反抗军，根据地就在这座山庄里，同时每个人都要尽自己所能做出贡献。这其中，我的丈夫承担了最危险的任务。"

泊涅罗珀停顿了一下，望向远方，叹了口气，然后继续说道："慢慢地，这个小镇上的人们因为各种各样的原因都离开了这里，而我们的伙伴——钟表师彼得·德多路士、灯塔管理员伦纳德·米纳索，还有教堂的菲尼克斯神父……在此之后也是被抓或者被流放。最终，尤利西斯决定再次出海，并且将这里的事情都委托给了我。"泊涅罗珀看了一眼

---

* 注：三个人都是小说中的人物，分别来自阿瑟·柯南·道尔爵士的《失去的世界》、儒勒·凡尔纳的《神秘岛》和杰克·伦敦的《森林的召唤》。

孩子们，"要不是墨提斯号载着你们来到了这里，这边就只剩下了瑞克，他一直坚持着不肯离开基穆尔科夫，他对我说如果要开战的话，就必须有人留在这里战斗。"

米娜的脸上露出了笑容，她觉得瑞克的说法非常正确。

"即便是在与尤利西斯失去了联系之后，我们也没有放弃过抵抗和斗争，而且，我们觉得尤利西斯一定是在某个地方偷偷地在帮助基穆尔科夫，因为这里时不时会有一些人过来帮我们，但是最近几个月以来，无论是反抗军的人数，还是外界为我们提供的帮助都减少了许多。在你们离开之后……"泊涅罗珀·摩尔停了一下，继续说道，"瑞克和加里比教授便立刻开始了工作。瑞克开始着手调查印地会的大本营和军队藏在什么地方，还有那些被他们抓走的囚犯被囚禁在哪里；而教授则利用我丈夫的藏书室，通过查阅资料来提供给瑞克一些关于虚幻之地的信息。"

"班纳船长在寻找关于他们老大的信息，"迪斯科·特鲁普补充道，"而他们的老大……"

"是首领。"康纳更正说。

穆雷点了点头，不过看上去他似乎并不是很满意："那对于他们的首领我们到底知道多少？"

"几乎什么都不知道，"泊涅罗珀·摩尔遗憾地承认说，"我们只知道他的名字，而且还不确定是不是他的真名。"

"他的名字……拉里·哈斯利。"米娜自言自语道。在孩子们发现墨提斯号的时候，在船舱里找到了一位名叫拉里·哈斯利的人留下的一系列线索，而所有的线索都指向了基穆尔科夫。而在他们出发之前，还发现了这个拉里·哈斯利是一个不久之前离家出走的男孩的名字。

"瑞克似乎去了一个很大的港口，"穆雷看着桌子上摊开的地图嘀咕

着说，"这个港口的名字……叫泽祖拉？"他下意识地问道。

泊涅罗珀看上去有些吃惊，"不，穆雷，泽祖拉是传说中位于撒哈拉的一座城市。"她回答说，同时眼睛里闪过了一丝光芒，"你是怎么知道这个名字的呢？"

"我……是这样的，我听到了一些声音，在水里……准确点说，是在浴缸里，"穆雷看上去有些尴尬，他不知道该怎样解释自己的经历，他看了一眼米娜，"我也不知道为什么会这样。"

"这种情况我也无法解释，穆雷，不过我可以告诉你的是我的丈夫有时候也会在风中听到类似的声音，谁知道这到底是真实的还是虚幻的呢？"泊涅罗珀叹了口气，很快又再次回到了自己的话题，"在此期间，瑞克和加里比教授似乎发现了某些信息，这些信息指向了里昂尼斯群岛附近的一个名叫伊苏的城市。"

"我在航海书上见到过这个名字，"康纳立刻说道，"这座群岛位于亚莫利卡海湾，而在地图上，这座群岛被做了一个标记，就是一个 C 字外面画了一个圈。"

"那说明这条航线已经在虚幻印地会的监视之下了。我很高兴你已经在看那本航海图了，康纳。"摩尔女士微笑着说，"说实话我很后悔没有让瑞克和加里比教授带上一份航海图，也许让他们驾驶着这里的最后一艘船——内梅西斯号出海本身就是一个巨大的错误。"

"我们还没有输，"康纳说道，"他们是什么时候离开的？"

"五天之前。"泊涅罗珀在桌子前弯下腰，在地图上指出了两人出发的方向，"之前有种说法，这种说法认为康沃尔和法国原本是一整块大陆，但是中间有一段陆地沉降，变成了海洋，除了锡利群岛，也就是这里和这里，而剩下的部分从伊苏到阿瓦隆，还有加尔加诺以及里昂尼

斯……全部都在亚瑟王和莫德雷德的决斗之后沉没了。"*

"泊涅罗珀女士，有一件事我还不是很明白，"这时米娜开口问道，"如果说这些岛屿已经沉没了，那他们还怎么去伊苏城呢？"

"所以我们需要墨提斯号哇。"泊涅罗珀微笑着回答说，似乎这是一个再明显不过的答案了。

---

* 注：神话故事《特里斯坦和伊索尔德》中提到过这场决斗以及魔法师梅里诺弄沉那些岛屿的事情，不过，泊涅罗珀·摩尔提到的另外几座岛屿的名字我是在杰克·万斯的小说《里昂尼斯三部曲》里找到的。

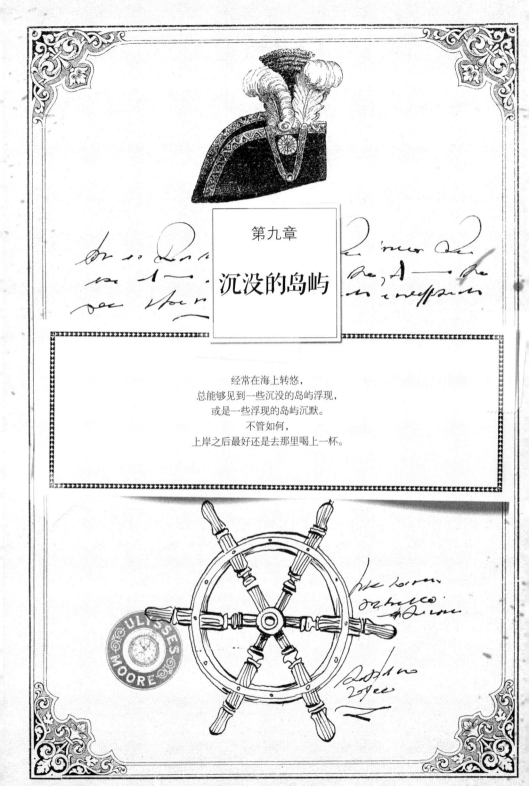

第九章

沉没的岛屿

经常在海上转悠，
总能够见到一些沉没的岛屿浮现，
或是一些浮现的岛屿沉默。
不管如何，
上岸之后最好还是去那里喝上一杯。

行人决定尽快出发，同时他们带上了迪斯科·特鲁普，他是基穆尔科夫的最后一位水手。

说实话，肖恩有些担心将自己的父亲——他一个人就这样腿上盖着一条毯子，留在尤利西斯·摩尔的家里睡觉。但是肖恩暂时不想去摇醒他。

"你先睡吧，"肖恩轻声说道，"我一定会尽快回来的。"

康纳开始研究起目的地群岛附近的地理状况以及城市和海湾的名字，而穆雷则在那扇没人能再次打开的时光之门前停下了脚步……他非常希望能够好好了解一下关于这扇门的故事和秘密，可惜每次来阿尔戈山庄都因为过于匆忙而没有时间。

上午十一点三十分，伴随着小镇上教堂里的钟声，墨提斯号正式起航离开了基穆尔科夫。

"你还好吗？"船只伴随着海浪上下起伏着，米娜走上前来对穆雷说，"你看上去心事重重的。"

"我没事。"穆雷回答得十分简短。

"是因为担心教授吗，还是瑞克？你放心吧，我们一定能把他们找回来。"

穆雷摇了摇头。

他又一次想起在自家浴缸里听见的那个声音。那两个名字：伯林翰和泽祖拉，还有"链条"，这些词到底是什么意思呢？

这时墨提斯号突然迎来了一个大浪，将两个孩子震得差点摔倒。

穆雷一把抓住了米娜的腰，引得米娜一声惊呼。穆雷脸颊通红地说："对不起！"

在大约航行了一个小时之后，迪斯科·特鲁普突然让康纳急转方向

舵，"前面就是暗礁！"他焦急地喊道，"当心！"

"各位，抓紧了！"康纳喊道，紧接着墨提斯号开始向一侧倾斜，船的侧面几乎贴到了海面上。

这时，正在船首的穆雷透过清澈的海面看到了水底下有一座教堂一样的建筑，不仅如此，在教堂大钟的四周还分布着一些房子。海里的鱼群从破损的窗户里钻进钻出，同时房屋的大部分都被海藻覆盖着。

这明显是一座城市，就位于海面的下方！

"十点钟方向！十一点方向！十二点方向！转正！"迪斯科·特鲁普指示道，而康纳则按照他的命令调整着方向舵。

就在他的双手放开栏杆的时候，水里传来了一记钟声，同时海面中突然升起了一团水汽，如同海市蜃楼一般。

"是莫甘纳！"迪斯科·特鲁普大声喊道。

接着墨提斯号的船首沿着一个大浪的中间驶去，将海水一劈为二，溅起的水花将船上的人们淋得湿透了。

康纳努力紧抓着方向舵，保持船只直行。甲板上的海水迅速汇集成一股股银色的水流从排水孔流了出去。当大家再次睁开眼睛望向前方时，只见到在白色的天空下，远处绿树丛生的海岸线。

这便是传说中已经沉没了的里昂尼斯群岛了。

"是谁教你驾驶船只的，小伙子？"迪斯科·特鲁普整理了一下自己湿漉漉的头发问道。

"没有人。"一头金发的船长康纳回答说，"为什么这么问？"

"看起来你就像是生在海里的一样。"

"也许吧！"康纳回答说，"肖恩，把船帆降低四分之三！"

肖恩二话不说，爬上了主桅杆，按照指令将五彩斑斓的船帆降下了

一部分，然后停留在桅杆上，看着海水中间露出的那一片延绵不绝的岛屿和森林。

"你知道接下来该去哪里吗？"康纳令船头朝着岛屿的方向前进，同时向站在身边的迪斯科·特鲁普问道。

老渔夫伸直手臂向前指了指说："穿过前面这座最大的岛屿，然后向南行驶，伊苏城应该就位于那座山的山脚下。"

"你是说伊苏城在那片森林里？"

"城市的港口应该在南侧。"迪斯科·特鲁普说道，"但是我们最好不要从那边走。"他指了指远处依稀可见的一些船帆。

"那是印地会的船？"康纳问道。

"我看我们还是不要知道比较好，我们驾船绕过峡谷之后停到那边的森林里，然后通过陆路去城市，这样比较不太引人注目。"

康纳觉得这是一个不错的主意，于是他让肖恩和穆雷从船舱里取出了原本属于依塔卡号的救生艇，并充好了气。在绕过海岬之后，船只继续南行，这时他们发现整条绿色的海岸线如同一个括号一样横在前方，到处都是石子沙滩以及松树林，陆地上的树木已经被海风吹得东倒西歪了。

一行人继续安静地前进了几海里，最后迪斯科指着一处被树遮挡着的缺口，建议靠岸停船。康纳驾驶墨提斯号开到了距离海岸十来米的地方，放下了船锚，吓得一群小鱼四散逃窜。

随后孩子们放下了充气救生艇，第一个跳上去的是肖恩，之后他帮着米娜也登上了救生艇。

"你不一起来吗？"穆雷见康纳并没有松开握着方向舵的双手，问道。

"我和迪斯科留在船上，"康纳回答说，"以防有需要移动船只的

情况。"

海水轻轻拍打在救生艇上，令其有规律地上下摇晃着。"不过无论我们去什么地方，"他继续说道，"每三个小时都会回到这里一次。"

"好的。"穆雷点了点头。

说完，他跨出了护栏。

"孩子！"这时迪斯科·特鲁普抓住了穆雷的手臂，叮嘱道，"有一件事情希望你能够记住，我们反抗军之间有一个暗号。"

穆雷盯着眼前的这位老渔夫，迪斯科·特鲁普那双黄色的双眼微微眯了起来，说："如果有人问你想要什么的话，你可以回答……自由！"

"自由！"穆雷重复了一遍。

然后他们便登上了救生艇。肖恩坐在船的后方，拿着船桨对着墨提斯号用力一推，便向着岸边的礁石划去。

"就这样让他们去我们能放心吗，康纳船长？"老渔夫看着救生艇上的三个孩子问道。

"哦，当然没法放心。这根本就是一场赌博，不过好在如果要逃跑的话，他们三个人比我们五个人一起要跑得快一些。"康纳开玩笑说。

穆雷、米娜和肖恩将救生艇拉到了陆地上，藏在了一个隐蔽处，并用树枝遮挡在外面。三个人几乎没费什么工夫便找到了一条通向树林内侧的小路，然后走了进去。树林里的地上铺着一层厚厚的松树针叶，同时空气中弥漫着一股淡淡的树脂香味。孩子们途经之处，成群的云雀和不知名的彩色鸟儿因为受到惊吓而散开了，一些大尾巴松鼠则躲在树上小心翼翼地观察着他们。树林中的小路蜿蜒着通向山顶之后便转而向下，没过多久，孩子们便能够透过树枝和松叶之间的缝隙看到近一些的房子了，除了房子之外，远处还矗立着一座高高的钟楼。

这应该就是传说中的伊苏城了。

城市屹立在一个碧蓝海湾的边上，在海湾和外海之间有一座巨大的黄金栅栏，进进出出的船只只能从两扇巨大的闸门通过，通过这种方式，整座港口便被保护了起来。城市最外侧的房子就位于孩子们所在的那片树林的边上，房子是用灰色的石块建造的，但是石块里夹杂着许多云母，这样一来，在阳光下，这些房子便会闪烁起耀眼的光芒。房子的屋脊是用砖头制作的，上面铺了一层麦秆，城市里的工匠在屋脊上充分发挥着自己的想象力，使用雕刻出的独角兽、海妖、骑士以及其他动物来装饰。在城市街道交会的市中心有一座巨大的教堂，不过教堂所在的这个广场由于地势低于四周，已经变成了一个湖泊，因此从外面看过去，只能够看得到教堂上半部的彩色圆窗、石像以及最上面的钟楼。很显然，这座教堂应该就是整座城市里最高的建筑物了。

城市的港口几乎占据了海湾的大半部分，港口分为若干个码头，码头与码头之间由一条通道相连接，靠近大海的房子的屋檐是全城中最漂亮的。在广场上，聚集着不少居民，穆雷粗略地数了一下，港口的码头上停靠着至少二十艘船只，包括一些捕鱼船、六艘普通帆船、一艘三桅帆船和一艘有着金属船体的双桅帆船，另外还有几艘小型马达船，上面装载着渔网。船只的桅杆和码头之间，以及码头边上的房子屋顶和船只之间都连接着绳索，一件件行李，甚至一个个水手都被吊在这些绳索上移动着，他们中许多人都在扯着嗓子唱歌，整个港口一片嘈杂。

孩子们一行三人向着港口的方向走去，空气中飘来了一股土豆汤的香味，同时混合着沥青的气味和海水的咸味。肖恩的注意力完全被各式各样的船只和船锚上的链条所吸引，不过另外两个人却注意到街上来来往往的人群之中有些人面相凶恶，耳朵上戴着夸张的耳环，满脸胡楂，头发蓬乱，嘴里一直嘀咕着什么，好像随时准备讲述来自各个大陆的奇

闻异事。*

"让开！让开！"时不时会有一些人驾驶着马车从街道上疾驰而过。许多年轻人推着香气四溢的酒桶艰难地爬上堤坡，而一些身穿黑色长袍的男子则在一旁看着这一切，并在本子上做着记录。

米娜、穆雷和肖恩顺着人流沿着长廊来到了一个小型广场上，这里的四周有着各式各样的店铺。一些穿着讲究的人从一处高大简洁的石头建筑里进进出出，建筑的屋顶上绘制着黑色的菱形图案，这里应该就是海关大楼办事处了。

孩子们通过长廊石柱之间的缝隙看着这座建筑物，这时米娜用手肘戳了戳穆雷，然后指了指一位身穿紫色长袍，站在一众男性前面的高挑女子。看上去所有的商人、船长以及海关官员都在围绕着她打转，甚至感觉还有些怕她。

很快，肖恩便注意到了一艘停在海关办公楼正前方的小型巡洋舰，船体全身金属材质，船身上刻着锈迹斑斑的三个大字：海德号。船上挂着虚幻印地会的旗帜———一条银色的蝾螈，背景是一半蓝色，一半火红色的海洋。这艘船是整个港口中唯一一艘看上去不太忙碌的船只。

虽然不知道应该从哪里开始着手调查，不过很显然，孩子们很清楚自己不能再停留在这里东张西望了。

在大致扫视了一遍之后，孩子们发现港口里并没有内梅西斯号的踪影。肖恩作为几人之中最了解港口的那一个，开口说道："如果想要知道这个港口的消息的话，只有一个办法。"

"什么办法？"米娜问道。

---

* 注：在这段描述中，我见到了罗伯特·路易斯·史蒂文森所著的《金银岛》中关于布里斯托港的影子。

"去一个正确的餐厅吃饭。"

　　几个人沿着广场转悠了一圈，首先排除了看上去最豪华的餐厅，因为三个孩子进入这种餐厅的话一定会引来他人的注意。最终，他们选择了海关大楼另一侧的一个不起眼的餐厅——这里聚集着许多渔民，当然卫生条件和环境就不那么考究了。

　　"这可真是个恶心的地方。"米娜苦笑着说道，同时跟在肖恩的身后走进了位于地平线之下的昏暗餐厅。

　　房间里，一盏圆形的黑铁吊灯在灰蒙蒙的天花板上来回晃动着，四周的墙壁上随处可见从里面渗出的盐渍。两个水手嘴里嚷嚷着一些让人听不懂的话，并相互推搡着，几乎快要撞到穆雷了。

　　"我说什么来着？"肖恩看上去似乎很满意，"这里一定就是那个'正确'的地方。"

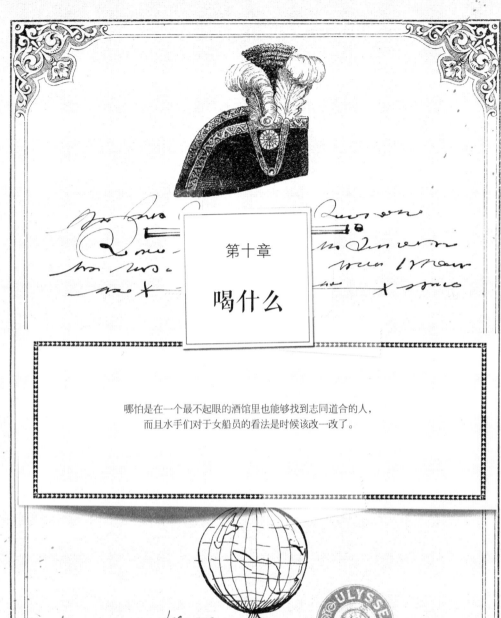

第十章

喝什么

哪怕是在一个最不起眼的酒馆里也能够找到志同道合的人，
而且水手们对于女船员的看法是时候该改一改了。

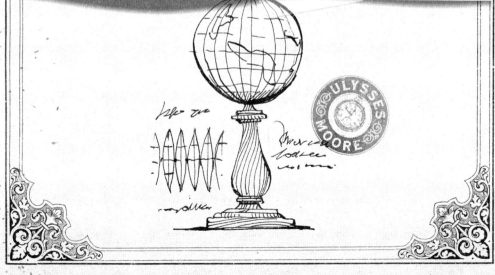

　　一个孩子找了一张小桌子和几把椅子，餐厅里根本没人搭理他们。穆雷和米娜为了让自己看上去像是水手的样子，尽可能坐得歪歪扭扭的，也许这样才能显得自己更适应船上晃悠的生活。而肖恩则被派去了吧台，说是吧台，其实就是把一个教堂里的讲坛搬了过来，上面安装了一张脏兮兮的松木台子，由于经常有人靠在上面，所以台子上留下了许多坑坑洼洼的手肘印子。

　　肖恩往吧台上放了一英镑，心里祈祷着在里昂尼斯群岛也能够使用这种货币。他要了三杯果酒，然后便坐了下来，回头看着房间里熙熙攘攘的人群，希望能够捕捉到些许有用的信息。哪里可以把鱼卖一个好价钱，某个水手后来的下场怎样，三齿迪克是不是还在竞争做年度最佳水手以及何时出海最不容易碰上海关人员的检查。

　　肖恩脸上露出了微笑，这时他听见三个杯子与桌子碰撞的声音，于是他回过头来。只见一个男人走了过来，手撑在桌子上，两眼如同老鹰一样紧紧地盯着桌子上的一英镑。

　　肖恩心想这人莫非是一个小偷？或者是在海上被诅咒而转化成人的鱼鹰？不过他很快想起了迪斯科·特鲁普嘱咐穆雷的话，于是开口问道："水手先生，请问你要什么吗？"

　　"自由！"那人回答道，眼中闪着凶狠的光芒。

　　肖恩赶紧回头寻找穆雷和米娜，不过那两人正忙于模仿水手的坐姿，压根儿没有注意到这边发生的事情。

　　那个陌生人靠近了他的身边，低声问道："你们来这里做什么？"

　　"啊，我们……是这样的，我们是来寻找伙伴的。"肖恩尽可能掩饰着自己有些慌乱的语调。那人应该是反抗军的一员，自己是不是在哪里见到过对方？

　　那个男人伸出一只手盖住了一英镑，并迅速将其换成了一堆铜板。

"从大老远就可以看出你们根本就不是水手，"他拿起了一杯酒一饮而尽，然后做出一副恶心的表情说道，"这破玩意儿怎么能喝？"

"对我来说……"肖恩刚想反驳，那人却根本不给他机会。

"如果你想装得像一个水手一样的话，就点啤酒，不要瓶装的那种，最好是新鲜生啤，要不就点烈酒，这破玩意儿……"说着，他拿起了第二杯一饮而尽，"还是留给女孩子比较好。"

"事……事实上……"肖恩第二次尝试反驳说。

"事实上只有傻子才会带一个女孩子来这种地方！算你运气好，还没有人认出来这是个女孩子。"

"我们到底是不是一伙的？"肖恩终于说出了一句完整的话。

那人一口喝下第三杯酒，心满意足地打了个嗝，说道："在喝酒这一点上，我跟谁都不会客气的，你信吗？"

"你知道其他人去了哪里吗？"肖恩问。

"他们被抓了。"那人回答说。同时肖恩越看他越觉得陌生。

"抓住了？被谁抓住了？"

"嘘！"水手急忙止住肖恩，悄声说，"在这里你可以大声说的只有点酒、粗话和脏话，记住！他们是被那个女人抓走的。"

听到这里，肖恩也压低了声音："你是说外面那个穿着紫色衣服的女人？"

"这样吧！"那人说，"现在你带上你的伙伴，记得遮住女孩子的脸，然后从这里走出去。我们一刻钟之后在旧图书馆那里见，你到广场之后先向上，然后直走，在第二个拐角的地方左转就是了。如果路上有人跟踪你们的话，你们自己想办法甩掉对方。一刻钟之后见，明白了吗？"

"明白了。"肖恩回答说。

"现在你随便大声说些脏话吧！"陌生人弓起背部趴在了桌子上，

"然后拍一下我的背，之后就走吧。"

肖恩愣了一秒钟，然后在男人的背上重重地拍了一下，大声嚷道："你这个不要脸的老家伙！"

"你疯了吗？"米娜问道。

肖恩正对着两人，示意尽快离开餐厅。

"那我们点的东西呢？"穆雷问。

"别多问，赶紧走。"肖恩简单回答道。同时一边笑着，一边在散落着木屑的地板上拖着双脚走路。

三人离了饭店，再次向着广场的方向前进。

"你们猜刚才和我说话的人是谁？"在确认边上没有其他人之后，肖恩问道。

"吧台的那个人？就是那个……不要脸的老家伙？"穆雷抬了抬眉毛确认道。

"我不知道该怎么称呼他。"肖恩回答说，"只知道他也是一位反抗军成员，而且还和我们约了地方。"他指着不远处一幢两层楼的屋子说道，"就在旧图书馆的门口。"

"反抗军成员？他叫什么名字？"米娜警惕地四下张望之后问道。

"不要到处张望，注意一下我们后面是不是有人在跟踪。"肖恩说道，"他告诉我说瑞克和教授是被那个女人抓走的。"

"他到底是谁？"穆雷继续问道。

"我也不清楚，不过我觉得好像在哪里见过他……可能是基穆尔科夫。"

"你觉得我们可以相信他的话吗？"

肖恩叹了口气，反问道："我们还有其他更好的选择吗？"

广场的地面高高低低，如同一块被烤焦的面包外皮。孩子们穿过广场，选择了通往山上的一条小路，到第二个路口的时候，三人左转，然后来到了一片矮房子的街区，从外观上来看，这里的房屋既不豪华，也不寒酸。孩子们最终在一棵高大的栎树前停下了脚步，从树枝的缝隙之间可以看见后面有一块牌子，上面写着：

沉没的图书馆

这家图书馆看上去已经很久没有开门了。

三个孩子坐在一面矮墙上，一边讨论着刚才发生的事情，一边等候着。肖恩一共说了三遍刚才见面时的情形，不过三次讲述的版本都不太一样，就在他准备从头再讲一次的时候，那个男人出现在了小巷的另一侧。

"说我是个不要脸的老家伙……"他面露凶光地看着肖恩说道，"单就这一句话我就应该挖掉你的眼睛。"

说完他看了一眼穆雷和米娜，而两个孩子借助着阳光一下子就认出了他。他的名字叫埃齐奥，当孩子们在第一次去基穆尔科夫的路上撞翻印地会的幽灵号之后，就是他帮忙修理的船只。

"就是我，没错。"他背靠着栎树也坐在了矮墙上。

"在这里我们可以放心一些。不会有一个水手会想要来图书馆借一本书的，更何况这里也没有图书管理员可以借书给他们。从那些印地会的爪牙绞死了图书馆的负责人之后，他们就再也没有在这一带出现过了。"

"你是认真的吗？"米娜问道。

埃齐奥缓缓地点了点头。"想不到图书馆负责人也成了一个高危职业，"他嘀咕着，"这些都是那些士兵说的。"

孩子们忧心忡忡地相互对视了一眼。

"所以所有这一切都是那个叫拉里·哈斯利的人犯下的错误？"米

77

娜有些难以置信地问道。

"嘘！"埃齐奥几乎是立刻将手挡住了米娜的嘴，"你疯了吗？就这样直接说出那个名字？你想要那些人帮你定制一个松木牢房吗？"

"我到底说了什么可怕的东西？"米娜反问道，说实话这个男人的做法她非常不喜欢。

"我不知道她是你们哪一个的女朋友，不过麻烦你们尽快让她闭嘴。"男人看着穆雷和肖恩说道。

"哎！你怎么……"米娜的话音未落，穆雷便将一只手搭在了她的肩膀上，示意她冷静下来。

"很好，"水手简单地说了一句，"我们刚才说到哪儿了？"

米娜双手叉在胸前，头扭向一边，一脸气呼呼的样子。

"刚才你正打算说我们被抓的朋友……"肖恩回答说。

"下面港口的那个女人抓住了你们的朋友，"埃齐奥说完，朝地上吐了口痰，"是海德夫人和她的手下干的。你的朋友们是来打听一些危险的情报的……"

"到底发生了什么？"肖恩问道。

"上个星期，印地会在这里停靠着两艘船，一艘是海德号，另一艘的名字叫黑色海妖号，这艘船船体狭长，通体黑色，船身如同文身一样刻满了图腾……船首像是一尊四臂海妖———一个恐怖的女人。"

"你肯定是对女性有什么偏见。"米娜嘀咕着，脸仍然转向另一侧。

埃齐奥并没有理会她，继续说道："海德夫人下令把你们的朋友们抓上了第二艘船，然后黑色海妖号就出航了，天知道去了哪里。我们试过跟踪它，不过那艘船实在是航行得太快了，比我在海上见到过的所有船只都快。"

"肯定没有墨提斯号快。"穆雷自信地说。同时心里想着要是他们可

以等自己和小伙伴们回来之后再来伊苏城就好了。

"那现在内梅西斯号在什么地方呢？"肖恩问道。

"当我来这里打探消息的时候，看到内梅西斯号就在群岛外面向着公海前进。"

"那你打听到什么了吗？"

埃齐奥点了点头说："是这样的，伙计。班纳船长一直坚信印地会的军队驻扎在一座名叫塔普拉班岛的黑暗之港，而这次你的朋友们应该就是被带去那个地方了。要知道，不是所有的虚幻之地都是安全的观光胜地，其中有一部分就很危险，一般情况下人们都尽可能不靠近那里，这些就是所谓的黑暗之港，而塔普拉班岛就是其中之一。"

"那你们知道这座岛在什么地方吗？"

"我们来这里就是为了知道它在哪里。"埃齐奥回答说，"而如果想要知道它在哪里的话，我们得先找到一个名叫托洛玫的女人，她是一位蓝色之海的绘图师。"

"一位什么？"两个男孩异口同声地问道。

"一位蓝色之海绘图师，就是专门根据去过或者是要去虚幻之地的人的情报，绘制出蓝色之海航海图的那群人。"

"切！"米娜嘀咕着。

"现在做这个活的人可不多，一只手就能数得过来，"埃齐奥一边说着，一边伸出了他那只缺了两根手指的左手，"据说这些绘图师原来都在瓦尔德赛穆勒事务所工作*，但是后来虚幻印地会一把火烧了那家事务

---

* 注：马丁·瓦尔德赛穆勒是一位德国绘图师，他在听取了不同航海家的描述之后，绘制出了现代欧洲历史上最著名的世界地图，并引用意大利航海家亚美利哥·威斯普奇的名字，将新大陆命名为美洲。

所，所以托洛玫就躲到伊苏城来了。"

"为什么他们要放火烧了那个地方呢？"穆雷问道。

"那我问你为什么他们要管控蓝色之海中所有的航路？为什么他不允许我们自由航行？所有权力的诞生都伴随着无数的鲜血，据说印地会的人还扒下了那些蓝色之海绘图师的皮肤来装饰他们的大地图！"

"天哪！"孩子们惊恐地喊道。

"无聊的传言。"米娜冷静地说道。

两个男孩疑惑地看着她。

"你们觉得这么可笑的故事可信吗？"米娜看着埃齐奥，有些激动地说道，"按照你的说法，瑞克和加里比正在寻找一位能够绘制一幅不存在的地图的女士，通过她希望能够得知一个根本不存在的小岛，而且这座小岛上还驻扎着虚幻印地会的军队！而现在他们被抓上了一艘完全是黑色的船只……所以现在正要被带去那座岛？"

"你又是怎么知道这是一座岛的呢？"埃齐奥有些生气地问道。

"我当然不知道，我只是猜的！"米娜回答说。

"就是呀，你就是靠猜一路过来的吗？要知道对于我们来说，多一份地图就多一分希望，真是和想法不同的人完全说不到一起去！"

米娜摊开双手，有些愤怒地说道："你这最后一句话又是什么意思？"

"那你看看这个有没有意思吧！"埃齐奥说道，同时扔了一面小圆镜子过去，米娜将其直接在空中接住了。

她摊开手，将镜子放在掌心里仔细端详。这件物品看上去十分漂亮，外框上雕刻着一些花朵。

她疑惑地看着埃齐奥，只听他解释道："这是海洋之镜，是瓦尔德赛穆勒事务所的标记，这东西是伊苏城一位渔夫出海捕鱼的时候在渔网里找到的，后来有人通知了我们，你要是仔细看的话，可以发现在镜框

上刻着几句话。"

米娜举起镜子对着阳光，缓缓念道：

> 减去午夜的三分之一，
>
> 加上晌午的四分之一。
>
> 去到东方之第五，
>
> 便会留在西方之第六。

"这是什么意思？"穆雷问道。

"这说明了在这座城市里有一位蓝色之海绘图师，瑞克推测她很有可能就是托洛玫，至于这几句话嘛……它看上去像是留给虚幻旅行者的一句暗语。你们的那位教授猜测'午夜的三分之一'意味着纬度上向北三分，然后第二句意味着纬度上向南四分，另外两句分别对应经度上的向东和向西，但是……我们照做了之后却什么都没有发现，因此我们所有人最终还停留在这个地方。"

米娜手里不停地摆弄着这面银色的镜子。

埃齐奥耸了耸肩膀说："不过现在你们的同伴都被抓走了，我们恐怕也没有那么多时间去研究这些了。"

"我们只需要找到一条有着十幢房子的街道就可以了。"米娜淡定地说完，将镜子递了回去，"这条暗语和经度纬度没有什么关系。"

埃齐奥的眼睛里几乎冒出火来，不过米娜并没有理睬他，只是看了他一眼。

"那这几句话到底是什么意思？"埃齐奥问道。

"我已经告诉你们了呀。"米娜回答说。

"那你为什么不能再说一遍呢，小丫头？"

米娜侧过头来问道："向别人求教的时候应该怎么说来着？"

埃齐奥将手放到了腰上挂着的三把匕首之上，仿佛随时准备出击割断米娜的喉咙一般，不过最终他还是叹了口气，从嘴里蹦出来几个字："麻烦请告知一下……"

听到这句话之后，米娜冲他笑了笑，指着镜子说道："加里比教授误以为午夜暗指北方，而晌午暗指南方，不过这里的午夜和晌午就是午夜和晌午的意思，你们还记得那座钟楼吗？现在几点了？"

"下午五点左右。"埃齐奥回答说。

"很好，你们要找的那位绘图师所住的那幢房子位于'东方之第五'以及'西方之第六'，也就是说这是一条东西方向的道路，同时有十幢房子，而且需要在晚上七点的时候过去找她。"

肖恩的眉头皱成了一团，米娜继续解释道："减去午夜的三分之一，如果把午夜看作二十四点的话，减去三分之一也就是减掉八个小时，这样得到的是十六点。再加上晌午的四分之一，也就是十二点的四分之一，是三个小时，所以十六点加上三个小时就是十九点，就是晚上七点喽。"

穆雷一脸佩服地说道："果然这就是数学精英的能力。"

"你觉得怎么样？还敢小瞧女性吗？"米娜笑着对埃齐奥眨了眨眼睛。

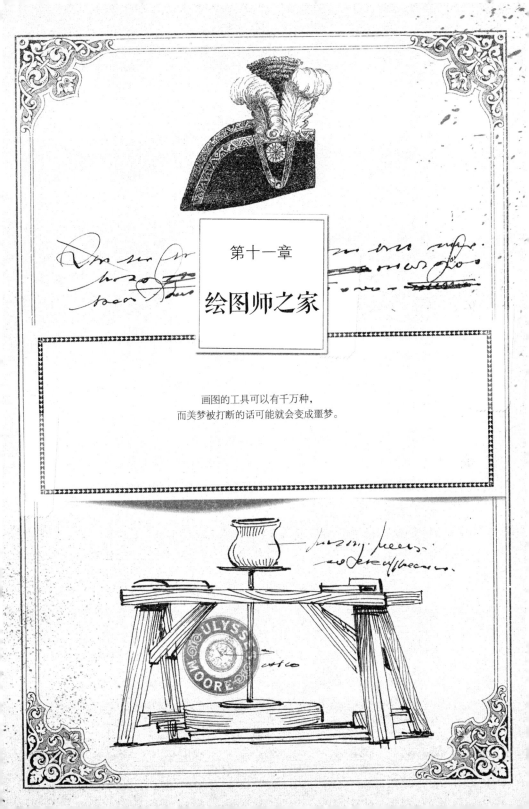

第十一章

绘图师之家

画图的工具可以有千万种，
而美梦被打断的话可能就会变成噩梦。

距离约定的时间只有几个小时了，孩子们还得数伊苏城每条街道房子的数量，不过幸好这里房子屋顶上的烟囱口都很醒目，所以他们无须跑遍整条街道就能知道房子的数量。他们首先排除了一些非常短的小路和一些有着上百幢房子的主要马路，然后将注意力放在了围绕着下沉式教堂周围的那些巷子上。

当他们找到了第一条有着十幢房子的街道时，并没有停下脚步，心里想着也许城里还会有别的道路同样有十幢房子。不过，当时间快要到达晚上七点的时候，他们终于确定了整座伊苏城里，这条街道是唯一有十幢房子的。

顺着米娜的猜想，一行人找到了从西边数起的第六幢房子，同时也是从东边数起的第五幢房子。建筑的外墙被漆成了蓝色，空气中的盐分已经让其变得有些斑驳了。太阳开始西下，四周的房屋笼罩在一片金色的光芒之中。孩子们面前的这幢蓝色房屋大门紧闭，门上雕刻着一位年轻人骑着一头海豚的画面。*

房屋面朝着大海，在夕阳之下，屋顶烟囱的影子直接投射在了地上。

当里昂尼斯下沉式教堂的钟声敲响了七下之后，房屋的铁栅栏发出了轻微的响声，锁打开了。

埃齐奥和孩子们轻轻地推开栅栏，来到了门口。

门是开着的。

屋子内有一位老妇人，满头银发，脸上布满了皱纹，窗外仅剩的些许阳光透过门口照了进来，老妇人的头上如同有一圈光晕。

---

*　注：这是《里帕图像手册》中描绘的一幅画面，讲述的主题为救赎。骑着海豚的男孩指的是年轻时的帕勒蒙，他原本是尼禄皇帝的亲戚，后来在被追杀的过程中逃到了波罗的海和尼曼河的交汇处，也就是今天的立陶宛一带，并在那里建立了自己的王国。

"有什么可以帮忙的吗？"老妇人微笑着面向这一行人，眼珠外蒙着一层白色。

她的眼睛瞎了。穆雷心想。

"我们正在寻找一座非常遥远的港口。"埃齐奥微微鞠了个躬，说道。

"那你们为什么会觉得我能帮到你们呢？"

埃齐奥并没有直接回答，而是将海洋之镜递了过去。

老妇人接过了镜子，抚摩了一会儿，随即脸上露出了微笑："你们带钱了吗？"

"应该够用了。"埃齐奥回答说。

"对于一个自由的灵魂来说，自认为够用的时候往往都是不够用的，"老妇人说道，"不过这个世界变化太快了，我们的灵魂也无时无刻不在变化着。来吧，请进来吧。"接着，她似乎想起了什么，"对了，你们先得告诉我一件事情，你们一共有几个人？"

"我们一共有四个人。"穆雷回答说，同时绘图师老太太的脸转向了他。

"找到这里一定费了不少工夫吧？"她说道，"你们确定所有人都要去那么远的地方吗？"

"我们确定。"肖恩回答说。

"是的，当然。"米娜附和道。

埃齐奥一言不发。

接着四个人在老妇人的带领之下走了进去。

他们被带到了一个非常简单的房间里，坐在了四只小凳子上，夕阳通过两扇窗户投射进来，海风吹得窗帘不停地起舞。

房间里有一个烧着柴火的巨大壁炉，一个用来做陶器的陶车，一张

和面用的桌子，上面放着一堆面粉，还有一个盆，里面盛着一些香气扑鼻的油性液体。绘图师走近一把背部镂空的高大椅子，将银质的镜子塞了进去，并让镜面朝外，然后她调整了一下椅子的位置，令窗外的光线正好能照射到椅背里的镜子上，同时让椅背朝向壁炉和其他物品，正面朝向四位访客。

这时一位七岁左右的男孩端着茶走了进来，在给每个人递上杯子之后便迅速离开了屋子。

"我叫托洛玫，"老妇人自我介绍说，"主要负责找到通向不同虚幻世界的道路。对了，希望你们不会介意这里简单的欢迎方式……以及小马福提的服务，小男孩还涉世未深，自然没有那些老管家高贵和绅士，不过他人很好，也很热心，一直在这里帮助我这个老太太，还有就是希望你们能够喜欢这个茶。"

穆雷尝了一口：有些涩口，但却香气扑鼻，令人陶醉，不过米娜只是拿着茶杯暖手而已。

"亲爱的旅行者们，不得不说，时代变化可真快。"托洛玫继续说道，"现在想起来，这都已经是很久之前的事情了，当年我和同事们曾经为那些大人物绘制过地图，他们之中有的来自古老的世界，有的来自新世界，还有的来自被人遗忘的世界。曾经古巴比伦的魔法师找到我们，希望能够借助我们，找到通向最伟大的王者之路，此外还有来自东方的大汗前来拜访过我们，希望我们能够帮他找到他的好友马可*说过的那些城市。但是，在此之后，整个世界开始停滞不前了，这些叱咤风云的大人物认为已经了解了整个世界，同样，他们的继任者们似乎也失去了继

---

*　注：文中所指的应该是伊塔洛·卡尔维诺在《看不见的城市》一书中提到的马可·波罗。

续探索的想法。"

"当他们停止探索之后，也就失去了相应的眼界。而这个世界上，可供探索的航道本就越来越少了。旅行应该是一个自我充实的过程，而非最终的目的，作为我来说，我的工作就是帮助这些想要自我充实的人去完成他们的旅行。这些话，是我们在开始之前想要告诉你们的，同样的话，我也会对所有来向我寻求帮助的人说。好了，现在该你们做一下自我介绍了，不过你们需要长话短说，因为夕阳可不等人，如果没有光线的话，我们就无法画出想要的东西了。"

"你们只需要告诉我你们所知道的东西，比如那个地方是否燃烧着熊熊烈火……"当老妇人说到这里的时候，背后壁炉里的火焰突然蹿了起来，"或者那个地方是否如同水流一样，进退自如，来去无形……"这时，铜盆里的水面开始震颤起来，"告诉我，那个地方是否曾经被人提及，但是却没有人知道那里到底是什么样子……"托洛玫伸出瘦骨嶙峋的手，轻轻地放在桌子上的那堆面粉上方，"还是说那里到处都是尘土飞扬，烈日当空，所见之处只有光秃秃的山脊……"话音未落，用来制作陶器的圆钻开始转动起来。

孩子们一言不发，不知道应该如何回答，他们似乎都在等着埃齐奥能够说些什么。

"事实上，我们也不清楚。"年长的水手嘀咕着。

老妇人点了点头，然后挥了挥手，壁炉里的火堆渐渐恢复了正常，同时桌子上的白粉飘了起来。"那你们想要什么时候去呢？"她问道。

"当然是越快越好，我们的两个伙伴此时可能已经被押送去了那里。"穆雷回答说。老妇人的眉头在这时皱了起来，仿佛是有了不好的感觉一般。"我们只知道那个地方叫塔普拉班岛。"穆雷继续说道。

"现在我感觉到了，"老妇人开口说，"我感觉到你心里的思绪开始

流动起来，继续说吧，年轻的旅行者。"

穆雷的喉咙有些干涩，他喝了一口茶，感到自己有些头晕目眩，眼中只见到那台制作陶器的圆钻开始转动起来。

"那是一座岛屿。"穆雷解释说，同时米娜在一边帮忙补充道，"那是一座黑暗之港，非常危险，上面驻扎着一支庞大的军队，他们隐藏在这个地方，以避人耳目。"

"你能看见什么船吗？"

穆雷转向了埃齐奥，不过水手此时正低着头，于是穆雷自己回答说："有一艘黑色的船，上面有一个……女人，有四条手臂……这艘船的行驶速度很快，我们的伙伴们就在这艘船上。"

"这艘船正带着他们去向什么地方？"老妇人问道。

"带着他们去见岛的主人，"穆雷继续说道，"这个主人……这个主人住在一片……丛林里。"

"一片丛林，"老妇人喃喃自语，"一片漆黑，看不见里面……"

"还有一座城市的废墟，"穆雷说道，"一座被摧毁的城市，被遗忘的城市……还有……还有……"壁炉里的木柴发出噼噼啪啪的响声。

"我看不见别的东西了！"穆雷说道，他如同泄了气的皮球一般弓着腰坐在小凳子上，看上去十分疲惫。

"现在该换我告诉你我看到什么了。"老妇人说道，"和你一样，我看到了一座岛屿，隐藏在苏门答腊海域，我听不清岛的名字叫什么，有许多鸟都在叽叽喳喳地喊着塔博巴恩，或是塔普班纳……另外还有一位旅行者，是一个希腊人，他管这座岛叫江普罗岛，他认为这座岛上居住着一群只长了一只脚的原住民。此外，我也看见了一座城市，但是我看到的是一座辉煌的城市，到处充满着阳光。城市里的房屋被涂成各种颜

色，门庭若市，城市的围墙形成了七个圆圈的形状 *。"

铜盆里的油性液体开始颤抖起来，随即从液体的表面升起了一股刺鼻的浓烟。

托洛玫咳嗽了两声，双手在眼前挥动着，仿佛是为了看到更远的地方一般。

"那我们两人看到的景象……究竟哪一个才是正确的呢？"穆雷问道。

"可以说都是正确的，也可以说都是错误的，"蓝色之海绘图师回答说，"通常意义上的虚幻之地，形成于人们的想象，这种想象能够使其成长、改变，甚至摧毁……这些虚幻之地会随之改变位置，以及变大或变小。不过，尽管这些虚幻之地会根据人们的想象而改变，但是连接它们的道路却始终不变——气息、风、光、热量、尘埃、节奏……虚幻之地之间要依靠这些要素来相互连接。所以想要固定一个虚幻之地的外观，哪怕只是一小会儿，也是非常困难的。"

老妇人在提到这些元素的时候，她身后对应的元素也会变得活跃起来——铜盆里的气味、落日的阳光、壁炉里的炭火、面粉，而且陶器圆钻也开始飞快地转动起来。

"我现在终于看到你说的这座岛的边境了，水手先生。"托洛玫继续说道，"这是一座黑暗之岛，是所有黑暗港口中最深邃的那个，我能够感知到通向那里的道路，但是这种感觉，就好像有人要隐藏它一样……"

"你看到了什么？"埃齐奥的双手紧紧地抓住凳子，焦急地问道。

老妇人双手护住自己的脖子，仿佛就要无法呼吸一般，说："我看到了一间草屋，周围长满了树，还有……那个男孩提到的一尊有着四条

---

* 注：在托马索·康帕内拉的《太阳之城》中是这样描述塔普班纳首都的。

手臂的雕像，是巨大的雕像，在港口，有许多守卫……还有许多黑色的灵魂。"

"那一定就是他们军队的驻扎地！"埃齐奥喊道，"在哪里？这座岛在哪里？"

托洛玫一下子瘫坐在了椅子上，同时四周的那些元素也停止了活动。海洋之境的表面上留下了深深的裂痕，蓝色之海绘图师缓缓地睁开自己那双乳白色的眼睛。

"看来有人不希望我看到更多，"她嘀咕着，"有人在保护那个地方。"

"是谁？"穆雷问道。

"那人和你一样，"绘图师回答说，"而且他的野心很大。"

穆雷有些疑惑地眨了眨眼睛，问道："是拉里吗？"

老妇人双手紧紧抓住椅子的扶手，想要站起来，但是却被某种无形的力量压在了椅背上。"他就在这里！"老妇人大喊道。

壁炉里的火焰一下子蹿了起来，与此同时，屋外传来了重重的敲门声。

绘图师的小助手马福提手中的花瓶掉在了地上，急匆匆地跑进房间里大声喊道："夫人！夫人！那些卫兵来了！"

这时，只听见一声巨响传来，印地会的一个士兵已经撞开了大门，来到了走廊上，他的身后站着海德夫人，一袭紫色的长袍在晚风中飘起，如同张开的一双翅膀。而她的身后紧紧跟着另外四位士兵，形成随时准备护驾的姿态。

托洛玫费力地从椅子上站起来。

"快走！"她挥动双手招呼着众人，"在这后面还有一扇门。"

埃齐奥张开双臂，挡在了士兵和孩子们的中间，大声说道："快点！

快点！你们先走！"

他侧过身体，对着最前面的那个士兵冲了过去，将他直接撞到了墙上，随即夺过了第二个士兵的佩剑。不过对方有五个人，他显然寡不敌众。

穆雷掏出了自己的那把小刀，不过这个小刀在成人的世界里显得有些可笑，同时米娜从壁炉边拿起了一把火钳，将其当作剑来使用。

"当心！"米娜听见一声大喝，她急忙转过头来，正好和一名灰色的士兵面对面。她模仿着游戏里见过的画面，举起火钳，抵在下颌上，希望能够以此来震慑住对方。不过面前的这个士兵从近处看令人有着强烈的不安感——他浑身的皮肤全是灰色的，而且十分光滑，双眼如同嘴巴一样只是一条缝，里面的眼球完全只有一种颜色。士兵举起佩剑，机械地劈头砍过来，米娜闪身向后一跃，然后拼命挥动火钳，想让士兵不能近身。

"快跑！米娜，快跑！"肖恩一边喊着，一边将桌子上的铜盆举过头顶对着士兵砸了过去，将其击退。"拿着这个！"他说道。

埃齐奥一个人正在和两名士兵搏斗，而穆雷也对上了一个士兵。穆雷也从火炉边拿了一把火钳，同时另一只手紧紧地拽着自己的那把小刀。灰色的士兵猛冲过来，穆雷闪身跳到一旁，一个转身之后他挥手将火钳狠狠地砸在士兵的手腕上，要是换作普通人的话，手中的佩剑一定会掉落下来，但是这个灰人士兵却仍然紧握着剑，张开大嘴，做出喊叫的姿势，却发不出任何声音。

"看来你的嘴只是一张摆设呀！"穆雷冷冷地说道，随即抓起桌子上的面粉撒了过去。就在士兵失去方向的那一瞬间，穆雷撒腿便跑。

他推着肖恩出了后门，然后回头喊道："埃齐奥！"

不过此时这位反抗军的水手正和两个士兵打得不可开交，根本无暇

顾及其他。"你们先走！"在一片刀光剑影中，他回应道。

于是他们只能先跑出后门，在走下两级陡峭的阶梯之后，来到了一个院子里，这里到处都晾晒着宽大的床单，两个人如同无头苍蝇一般用手乱拨乱冲。等到最终出来之后，只听见某处传来了男孩的哭声。

"米娜呢？"

"我也不知道！"

这时埃齐奥从托洛玫家的窗户里跳了出来，在地上打了一个滚之后撒腿便跑，他的身后跟着一个士兵。

穆雷见状也赶紧照做。在越过一堵石头矮墙之后，他来到了一条狭窄的巷子里，他四下张望，希望能够找到肖恩和米娜跑走的方向，不过黄昏的阳光正好照着他的眼睛，令他完全看不清四周的情况，所以他只能用手背挡着额头慢慢前进。

正在此时，一个黑影挡住了他的去路，当穆雷看清面前这人是谁的时候为时已晚。

海德夫人一把抓住了穆雷的手腕，将他摔到地上，让他的后背重重地砸在了房子的墙上。

"你到底是谁？其他人又是谁？"海德夫人站到穆雷的面前，恶狠狠地盯着他问道。

穆雷坐起来，缩到了墙角边，双手握紧拳头。"你去死吧！你去死吧……"他的嘴里不停重复着同样的话。

穆雷只觉得眼前闪过一阵紫色，海德夫人已经蹲到了他的面前，"是谁派你来的？"她用低沉的声音问道，口气如同要吃掉他一样。

"你去……"

海德夫人一把掐住了他的喉咙。

正在这时……

"放开他！"一个声音从海德夫人身后传来。

这位虚幻印地会的高管缓缓转过身来，紫色的长袍垂在地上，同时她也松开了紧紧掐着穆雷脖子的双手。

穆雷顺着墙壁滑倒在地，随即立刻起身，试图尽可能离海德夫人远点。只见从不远处的一幢房子里走出来一个男子，手里拿着一把海盗枪。

"不管你是谁，你会为现在的举动付出代价的。"海德夫人对着那个陌生男子说道。

"不许动！"陌生男子似乎不为所动，然后对着穆雷说道，"你，快走！"

穆雷想要开口道谢，却才意识到自己被海德夫人刚才这一掐，气都快透不过来了。

"你需要什么呢？"当穆雷跑到陌生人的身边时，对方问道。

"自由！"穆雷回答说。

同时，穆雷也知道了在这座岛上的其他地方也有着反抗军的存在。

海德夫人似乎完全没有害怕的意思。"真是太棒了！现在你又多了一项罪名，就是协助小偷逃跑！印地会一定会好好感谢你的！"

"我说过不许动！"陌生男子再次大喝一声，同时目送着穆雷离开。

穆雷很想留下来帮助那个陌生人，但是他实在是太害怕了，害怕到双脚已经不听自己的使唤而停不下来。没过多久，他听见身后传来了一记枪响，并伴随着一声惨叫。

不过发出惨叫的并非一个女人。

与此同时，绘图师的家里也传出了一阵骚动，这时穆雷停了下来，举起拳头指向天空，用尽剩下的力气大喊道："我，穆雷，向所有的抵抗军战士发誓，向尤利西斯·摩尔发誓，你们一定会得到报应的！"

然后他的拳头慢慢垂了下来，太阳已经落到了地平线的下面，黑暗

迅速降临，吞噬了穆雷的影子。

在一瞬间，穆雷觉得自己的呐喊没有人会听见，而且迄今为止他所做的一切都是徒劳的。

穆雷有些失落，他缩起头向着松树林的方向跑去。

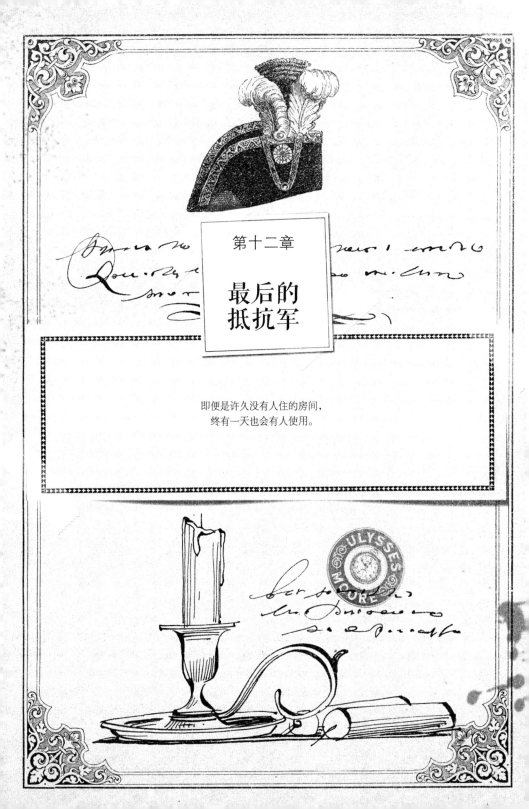

第十二章

最后的
抵抗军

即便是许久没有人住的房间，
终有一天也会有人使用。

泊 涅罗珀·摩尔望着窗外的夜色，天空中连一颗星星都见不到。她的双手交叉着放在背后，身后壁炉里的木柴发出噼噼啪啪的响声，微弱的火光下，家具的影子忽长忽短。

"埃齐奥和内梅西斯号那边还是没有任何消息吗？"迪斯科·特鲁普走进房间之后，她问道。

"暂时还没有，女士。"老渔夫说完，便找了一张空的椅子坐了下来。

其余人，包括穆雷、米娜和肖恩围坐在壁炉的四周，康纳则正在不停地安慰着他们，因为孩子们已经尽力了，他们也不知道自己是什么时候被人跟踪的。

穆雷的脑海里仍然浮现着他在松树林里逃跑时的画面，还有当他最终在救生艇隐藏点见到肖恩和米娜时那种如释重负的感觉。

孩子们趁着夜色乘坐墨提斯号返回了基穆尔科夫。

"你们不用太担心……"康纳不停地说道，"一切都会过去的。"

孩子们看了一眼康纳的父亲，只有他仍然像什么都没有发生过似的，睡得很香。

大家围坐在餐桌旁用着晚餐，有四个孩子和两位老者。难道这就是基穆尔科夫所剩下的最后的反抗军了吗？

房间里只剩下餐具叮叮当当的响声，无人说话，碗中的热汤有些烫嘴。

"这样说来，最近这段时间……"康纳率先打破了沉默，问道，"你们已经联系不上其他地区的反抗军了吗？"

泊涅罗珀·摩尔点了点头，回答说："是这样的，而且这种情况正在不断恶化。在我们失去了墨提斯号之后，现有的反抗军最早在这个家里聚集起来的原因是我们发现所有的时光之门无法再次打开了，而在那之前，如果要前往某一个虚幻之地的话，只需要拿着一本描述那个地方

的书本，或者来自那个地方的物品就可以了。有时候甚至连这些物品都不需要，只要有足够的想象力就能到达，我不知道这样说你们是否能够听明白……"

"托洛玫也提到过好几次'想象力'这个词。"穆雷回忆说。

泊涅罗珀点了点头。"她说得没错，你需要想象着到达那个地方，去探索那个地方，仿佛已经置身于那里一样……去想象着如果身处在那里，你会看到些什么。所有的时光之门和墨提斯号都是依靠这一点来工作的。"女士的脸上露出了微笑，好像说的这些话唤起了她久违的记忆。

"这一点我们在尤利西斯·摩尔的日记上也看到过。"米娜附和道。

"但是有一天我们突然发现，时光之门的钥匙无法再打开那些门了。"泊涅罗珀指了指壁炉边茶几上的四把有些发黑的钥匙说道，钥匙的边上还放着一些黑白老照片。

"你们没有想过要修理一下那些门吗？"康纳喝了一口盘子里的汤，问道。

"我和我的丈夫在这里居住了那么久，我们以为已经找到了关于这些钥匙的秘密，但是当这些锁坏掉的时候，却……"泊涅罗珀挥了挥手，似乎不太愿意提到这个话题，"不过这都不重要了，现在我们也没时间去细想这个问题，毕竟我们有更严重的问题需要面对。时间也不早了，我们所有人都需要好好休息一下。孩子们，我已经让人帮你们准备好了房间，就在楼上。"

穆雷、米娜和肖恩相互对视了一眼。

泊涅罗珀·摩尔笑着说："阿尔戈山庄应该会感到很高兴的，已经有好长一段时间没有人睡在那些房间里了。"

孩子们缓缓地走上了点满了蜡烛的楼梯，古老的阿尔戈山庄正在用

它特有的方式欢迎着这些孩子的到来。窗框发出轻柔的吱呀声，墙壁上挂着的摩尔家族画像在蓝色烛光的映衬下显得没有以往那么严肃。楼梯最上方挂着的是摩尔家族的创立人哈维的画像，从相貌上看他像是一位罗马人。

穆雷、米娜、肖恩和康纳在泊涅罗珀的带领下走向各自的房间。在楼梯尽头的大镜子处，一行人向右转去，在经过了一间管道有异响的大理石卫生间和泊涅罗珀的房间之后，他们来到了一个小型的会客厅，里面堆放着各种各样的物品。会客厅里有三扇门，分别通向三个房间：灰色的小房间是为米娜准备的；一个稍大的房间，里面有两张小床，并且自带了一个已经损坏了的浴室，这是为穆雷和肖恩准备的；另外在角落里还有一个深蓝色的房间，里面摆放着一张船上用的床，是为康纳准备的。一盏熄灭着的吊灯在天花板上来回晃动着，阁楼上传来了风的呼呼声。泊涅罗珀关照孩子们一定要注意蜡烛，因为三个房间里的墙上和地板上都铺着易燃的墙纸和老旧的地毯。

每个人的床上都叠放着几条毛巾，闻起来有股许久没有使用过的味道。

泊涅罗珀举起手中的蜡烛，在和孩子们互道晚安之后，便关上了自己的房门。众人约定第二天一早再见，她并没有问孩子们第二天的早餐要吃什么，在当前情况之下，恐怕食物的选择也不充裕。

在没有了大人之后，孩子们和平时一样开始了夜间闲聊。过了一会儿，康纳率先决定去洗澡了，而肖恩则不放心楼下睡在沙发上的父亲，打算下楼去看一眼。

在只剩下了两个人之后，穆雷和米娜被好奇心驱使着，想要去看一眼楼梯左侧的两个房间是什么样的。

他们来到了第一个房间，这里是一间藏书室，里面的书架几乎顶到

了天花板，同时墙壁上画着房东一家的家族谱。

"摩尔一家看上去都像是被自己的家庭所束缚着。"米娜嘀咕着，同时她也想到了自己的家人。

穆雷举起了手里的蜡烛，看着墙壁上的一个个名字，从上至下，最后的两个名字是尤利西斯和泊涅罗珀。

"他们没有孩子……"穆雷对于这一发现感到了一种说不出的遗憾。

书架上积满了灰尘，许多位置都是空出来的，地上堆着几本书，看上去像是最近才被人翻阅过似的。从这种杂乱无章的摆放来看，米娜猜测可能是加里比教授看的。很快，米娜便在一本艰涩难懂的古书里面找到了一张便签纸。

"穆雷！"米娜扫了一眼教授留下的笔记，说，"你过来看一下我找到了什么！你还记得今天那位绘图师对我们讲的话吗？"

"太阳之城。"穆雷移动蜡烛，照亮封面之后念道。

不过，藏书室里实在太暗了，于是孩子们回到了楼梯边，打开了剩下的那扇房门，这里是一间小阁楼，里面空荡荡的，而且已经年久失修，不过却弥漫着一种神秘的气息。阁楼的房型是不规则的，有四扇窗户，外面一片寂静，月光透过玻璃照进来，给室内带来了些许光线，窗外的大海拍打着礁石，发出的声响在夜间听上去有些吓人，在海湾的尽头，小镇笼罩在一片漆黑之中。

米娜和穆雷蹲在地上，将蜡烛放在两侧，这样一来便有了足够的光线。两人翻开了加里比教授看过的这本书。

太阳之城是人类历史上最完美的一座城市，它就位于塔普班纳岛上……

除了字母 i 上的那一点写得非常重之外，教授的字迹非常浅。

据传那里的居民都只有一只脚，城市的统治者是一位主教，有七道城墙保护着这座城市。当地人对于孩子非常重视，所以教育也就成了非

常重要的一件事情。为了这些孩子们不受到家庭出身的影响，他们在很小的时候就会脱离家庭，被送到专门的机构去学习。在那里，有专家们带领孩子们嬉戏玩耍。除此之外，还有七位官员……

米娜将纸条翻转过来，但是背面却什么都没有写。"这实在是太奇怪了，你不觉得吗？"说着，她把纸条递给了穆雷。

"为什么？"

"为什么印地会的军队会躲在人类历史上最完美的城市里呢？"

穆雷有些疑惑地看着米娜。

"我的意思是说，"米娜继续解释道，"印地会是坏人对吗？而这座太阳之城……听起来应该比我们的城市要好，也比这个小镇好。"米娜指了指楼梯，"你看看这座山庄，完全可以算是一幢废弃的旧屋子，没有什么人气，只有一些难解的古籍，连书本上都积满了灰，还有，周围的环境看上去也很阴沉……"

穆雷盯着米娜，这时他似乎听见楼梯的方向传来了开门的声音，仿佛有人要特意过来看看他们是否在房间里。

他等着那个人举着蜡烛走过来，但是却没有人进来。

"我不是很清楚，米娜。"穆雷回答说，"也许这些虚幻之地会根据人们不同的想象呈现出不同的样子。"

正在这时，一阵神秘的风突然从阁楼的窗口吹了进来，将两支蜡烛同时吹灭，房间里瞬间一片漆黑。

穆雷摸黑检查了一下窗户是否关好，然后叫道："米娜？"

"我在这里。"

"你有打火机吗？"

"没有。"

"那火柴呢？"

"你说呢？"

"我觉得应该也没有。"

"你说得没错。"

两个人一时相对无言。

"也许我们可以去楼下看看，"穆雷提议道，"厨房里可能会有。"

"也许吧。"

两个人紧紧地靠在一起。

"说不定康纳或者肖恩会有呢？"

"有可能。"

"那我们还要下去吗？"

米娜不自觉地伸出手，同时令人感到有些意外的是穆雷很自然地抓住了她的手，紧紧地牵着，说："你拿上蜡烛了吗？"

"你拿上书了吗？"

"是的。"

两个人慢慢走到了刚才发出声响的门口，冷风从门缝里吹进来，吹在他们的脚踝上。

他们来到了楼梯口，所有的房间都是一片漆黑，镜子里隐约可以见到两个人的影子，他们手拉着手，走下楼梯，前往厨房。

"穆雷？"米娜这时停下脚步，在他们面前的是他们刚刚吃饭的餐厅，那里传出了一些微弱的光线，同时又不知从哪里传来了轻轻的嗡嗡声。

不过很快两个人便发现这只是虚惊一场，微弱的光线是壁炉里还有些微红的木炭，而嗡嗡声则是维特灵先生的呼吸声。

"你等我一下。"穆雷说着松开了米娜的手。他的手上拿着两支长长的蜡烛，希望能够借助木炭点燃它们。昏暗之中穆雷撞到了茶几，打翻

了什么东西，弄出了很大的动静。

"哎呀！"穆雷惊呼道。

"穆雷！怎么了？"米娜赶紧走上前去。

穆雷一边揉着自己的大腿，一边在地上摸索着，想要找到被自己打翻的东西。与此同时，米娜拿起蜡烛，蹲在壁炉前，将烛芯靠近木炭，在四周的蜡慢慢融化之后，红色的小火苗燃烧了起来。

穆雷的手这时碰到了什么东西，"是时光之门的钥匙。"他自言自语道。

当穆雷拿起钥匙的时候，楼梯口突然吹来了一阵寒风，似乎比之前的更加强烈，仿佛令房间里的家具都开始瑟瑟发抖，这让穆雷手臂上的汗毛都竖了起来。

接着穆雷听见了远处传来的某个声音，像是海浪拍打在礁石上的声音，又像是……水声。

"拉里？"穆雷情不自禁地脱口而出，连他自己都不知道为什么会说出这个名字。

蜡烛上的火苗迅速恢复到了正常的高度。

"你刚才说什么？"米娜问道。

"我叫了一声拉里。"

"为什么呢？"

"我也不知道。"穆雷手里的四把钥匙很轻，却十分坚固。"愿望和想象……"穆雷用手拨开挡住了自己眼睛的头发，说道，"他们是这样说的，对吗？"

这时两个人被突然传来的一阵喘气声给吓了一跳。

或许是受到了他们的影响，维特灵先生在沙发上翻了个身。

穆雷看了一眼肖恩的父亲，说道："是干扰的声音。"

"你说什么？"

穆雷在漆黑的房间里来到了维特灵先生的身边，从地上捡起来一个小型收音机，收音机的音量调到了最小，发出轻微的电波干扰声。

"肖恩一定是忘记关闭收音机了。"

"也有可能是他故意把收音机留在这里陪伴他爸爸的，"米娜微笑着说，"只不过他一个电台都没有搜到。"

穆雷关上了收音机，但是电波的干扰声似乎仍然没有消失，就仿佛这种震动的声音来自房屋本身，虽然不是很吓人，却让人感到很真实，好像有人在某处看着他们一样。

这种震动像是来自阿尔戈山庄的每一个房间，又像是来自某一个确定的地方。

"在下面。"穆雷听了一会儿之后说道。

他们的脚下就是山崖，在山崖的底部有一个洞穴，穆雷想到这个声音会不会来自那个神秘的洞穴。海浪拍打着礁石，他想自己站在山崖之上，而山崖的下面则是中空的，那再下面呢？会不会有另一番不同的景象？

米娜不知道自己的小伙伴心里正在想些什么，但是从表情上来看他正在思考着某个重要的问题，于是她放低手中的蜡烛，希望黑暗能够让穆雷的脑子更清醒。

穆雷离开了客厅，来到了通往楼梯的过道里，在中间的地方，他向另一个方向走上了几格阶梯，来到了阿尔戈山庄里最古老的有着大理石天花板的房间。

他在时光之门前停下了脚步。

米娜站在他的身后，手中的蜡烛将穆雷的影子投射在了伤痕累累的木门上，穆雷仔细看了看那把黑得发亮的金属锁，然后又扫了一眼镶嵌

在石头里的铰链和门框。

那个奇怪的嗡嗡声似乎正在从门缝四周传出来，并在房间里与阁楼上吹下来的冷风融合到了一起。穆雷能够感觉到有什么东西正围绕在自己身边。

正如在自家的浴缸里所感受到的那样。

他拿起四把钥匙中的一把，凑到了门锁的边上。

"穆雷？"米娜轻轻地呼唤了一声。

钥匙在锁眼里转动了一圈，发出"咔嗒"的声音。

接着是第二把、第三把，一直到第四把。

只听见阁楼上的窗户突然被风吹开，发出干涩的声音，冷空气令蜡烛上的火苗翩翩起舞起来，几乎扫过墙壁。

这时蜡烛再次熄灭。

心怀希望，充满想象，我可以的。穆雷在心里鼓励自己。

他将一只手放到了门上，轻轻一推。

门的另一侧是一片茂密的热带雨林。

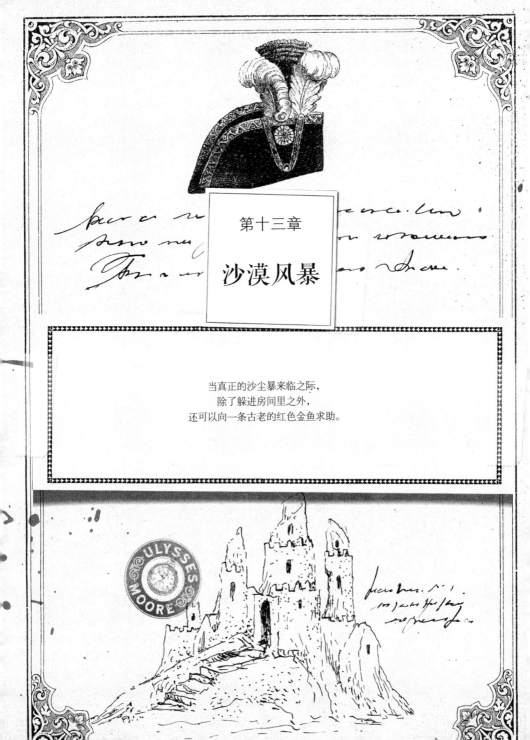

第十三章

沙漠风暴

当真正的沙尘暴来临之际，
除了躲进房间里之外，
还可以向一条古老的红色金鱼求助。

"伯林翰！伯林翰！"拉里·哈斯利大声喊道，一阵狂风携带着大量的沙子将露台上的帐篷给吹走了。

他喊的这位负责人跟跟跄跄地在庭院里找了一个藏身之处，他惊恐地看着风沙将帐篷直接砸到了沙之城堡的墙上。

"到底发生了什么，伯林翰？"他继续喊道。

但是风势丝毫没有减小的迹象，成千上万颗细小的沙子撞击在庭院中的柱子上，落了下来，然后还会有沙子再次袭来，不给人喘息之机。

仆人们纷纷从自己的房间里仓皇出逃，同时拉里·哈斯利也一路小跑着穿过了宫殿的院子，寻找庇护所。

"伯林翰！你死到哪里去了？"

在一片灰蒙蒙的黄土之间，拉里隐约看见了这位负责人的身影。几分钟之前还反射着金灿灿阳光的沙丘此时如同被一层阴影覆盖住了。

"又起风了，主人！"伯林翰大声喊道，"我们会处理好的！这场风暴……"

话音未落，这位非洲事务处理官就被大风吹到不知道哪里去了。

"穆雷！穆雷！"仆人们躲在柱子后面低声嘀咕着。

他们不再听从命令，而是在藏身处跪了下来，额头贴地开始祈祷，风暴所到之处将他们的衣物吹得不停地摆动。

拉里一边咒骂着，一边两步并作一步登上楼梯，来到了窗口。这里的窗帘已经被风暴扯得不见了踪影，他有些害怕地看着那些用来将泽祖拉城吊起来的铁链，它们正悬在空中不停地晃动。空中的飞艇在大风之中也无法幸免，一架接着一架撞毁在沙丘上。

"停下来吧！停下来吧！"拉里·哈斯利一边说着，一边关上了窗户，然后背靠着墙，费力地喘着粗气。

"韦斯克斯？一切都还好吗？"他担心地问道。

这时外面第二次响起了爆炸声，此时金属的撞击声、人的惨叫声和呼救声混杂在了一起。

到底发生了什么？伯林翰怎么会没有预见到这场风暴呢？那些工程师怎么样了？那些仆人呢？

对了，那些仆人刚才说了些什么？

拉里·哈斯利大口喘着气，嘴里不停地重复念叨着布偶兔子的名字，尝试让自己冷静下来。

"你说这场风暴预示着什么，韦斯克斯？还有他们不停提到的'穆雷'是什么意思？是一个人吗？我们认识他吗？不，不，我们肯定不认识这个人。"

拉里·哈斯利缓缓地站直了身体，离开窗口。房间里摆放着一张床，一个装满了书籍的书柜和另一个放满玩具士兵和模型的柜子。

哈斯利从地上捡起了布偶兔子，拍了拍它身上的灰尘。

现在他总算冷静了下来。

"当一个人不知道到底发生了什么的时候，只有一件事情可以做，你知道是什么吗？"虚幻印地会的首领对着手中的兔子说道。

他将双手凑到了自己的鼻子下，确认自己的手没有被割破流血。

"看来是战斗的时候了……"他自言自语道。窗外的飞艇一艘接着一艘地撞毁坠落，链条之间发出可怕的碰撞和断裂的声音。

拉里·哈斯利将韦斯克斯紧紧抱在胸前，走出房间，来到了洗手间，然后将兔子放在水池边自己最中意的地方。

浴缸里盛着一半黄铜色的水，水面上漂浮着一些跟浴缸塞差不多大小的小岛，每一个小岛都用牙签插着一面旗帜，上面写着名字。

这片奇怪的小岛下面有一条红色的鱼，当拉里·哈斯利露面的时候，它开始游动起来。

"没事的，尼莫。"拉里说道，"没事的。"

沙尘暴令周围的一切都在颤抖，沙之城堡感觉就快要撑不住了。

但是这是绝对不可能发生的，绝对不可能。

拉里·哈斯利弯下腰，伸手轻轻拂过水面，他仔细端详着自己的版图——由绝大部分的海面和少数几个分散的岛屿组成，每个岛屿都有名字。

他拿起了其中的一个岛屿，捏在手上，说道："到底发生什么了？沃兰德？"

接着他拿起了第二个岛屿，问道："库茨？"

然后是第三个："海德夫人？"

他向所有人发问到底谁是穆雷……

穆雷……

穆雷……

直到水面上突然出现了一阵波澜，水底下的红鱼突然划动了几下，传来了海德夫人的回复。

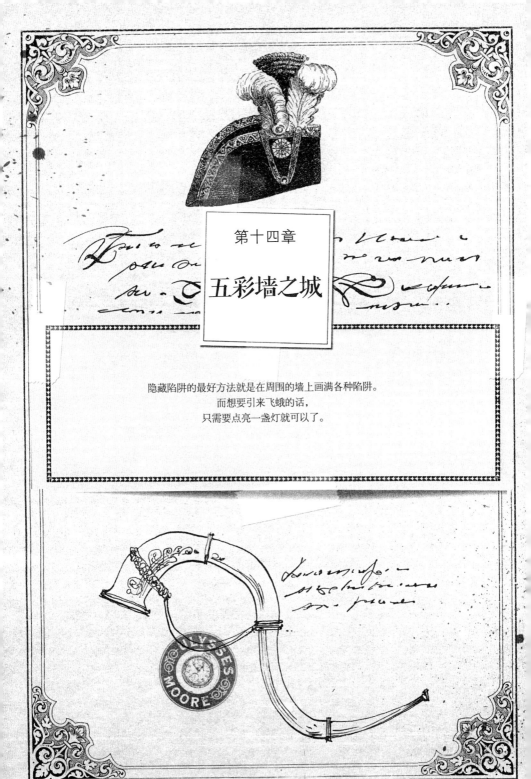

第十四章

五彩墙之城

隐藏陷阱的最好方法就是在周围的墙上画满各种陷阱。
而想要引来飞蛾的话，
只需要点亮一盏灯就可以了。

穆雷和米娜几度以为是自己的眼睛花了，但是热带雨林确实就在门的另一侧——在银色的月光下，周围的植物长着白色的树干，而在阿尔戈山庄这边却无法见到月亮。

两个人有些犹豫不决。

"你知道这是怎么回事吗？"米娜问道。

"不知道。"穆雷看了一眼自己的手回答说。

"你打开了这扇门。"

"而且门后有一片热带雨林，树林里好像还有几段小径……"穆雷看着眼前这些有着扁平而宽大树叶的植物，回头对米娜说道，"你拉着我的手。"穆雷伸出一只脚，跨到了门的另一侧，在地上踩了几下，确信虽然那里有些潮湿，但确实是坚实的土地，然后他又跨出了第二步，踩在了一根树枝上。

咔嚓。

"也许我们应该先去告诉泊涅罗珀女士一声。"米娜说道。

也许吧。

但是穆雷显然不想在这个时候离开。

"你们在干什么？"这时两个人的身后突然传来了一个声音，把他们吓了一跳。

肖恩应该是下楼来找他们的，从他手上拿着的收音机来看，他应该是先去过了壁炉所在的客厅，然后听见了他们的说话声。

只见木门打开着，米娜紧紧地抓住穆雷的手臂，而穆雷则在门槛的另一侧，那里的树木在晚风中发出沙沙的声响。

"穆雷刚才打开了时光之门。"米娜轻声解释道。

"那你们现在打算怎么办？"肖恩问。

"要不我们直接去蟠普班纳转一圈？"穆雷微笑着回答说。

米娜有些紧张地干笑了两声，说："你怎么知道对面就是塔普班纳？"

"既然穆雷这么说了，那可能就是真的吧。"肖恩看了一眼门的另一侧说道，"我们去看一下吧。"

说着，他也跨过了时光之门。

穆雷将米娜一把拉向自己。

当米娜跨过门槛的那一刻，阿尔戈山庄那边突然吹来了一阵强风，将时光之门狠狠地关上了。

"天哪！我就知道！这下我们被困在这里了！"米娜害怕地喊道。从这一侧看，时光之门就是一扇又高又窄的木门，上面雕刻着一些奇怪的图案，如同印度的寺庙门一样。米娜推了一下木门，意外地发现还是可以打开时光之门的。

"看来我们并没有被困住。"肖恩说道。

"是这样的。"

米娜这才放下心来，她回头看了一眼周围的环境，发现三个人此时身在一处废弃建筑物的院子里，而周围的石柱上都已经长满了植物。原本应该是草坪的院子里现在长满了各种树木，藤蔓植物沿着墙壁一直爬上了二楼的露台。

"我们到底在什么鬼地方？"肖恩问道。

"这里应该是一座古塔。"米娜说。一轮明月在三个人的头顶上，夜空中点缀着密密麻麻的星星。三个人踩着铺满了树叶同时有些潮湿的泥土前进着，很快来到了一扇关着的门口，透过门缝可以看见院子外面的马路。

穆雷打开门，向外张望了一下，然后示意其他人跟着他一起出去。

门外的街道很窄，两侧被高约三层楼的围墙挡住了，围墙的后面

是别的塔楼。在围墙上，画着一些古老的壁画，不过由于时光的流逝，壁画看上去十分斑驳，隐约能够辨认出在一侧的墙上画着一些机械设备——拉杆、压机、一台印刷机，还有一台水车或是水坝一样的机器，后面还有一些刀剑、盾牌和别的武器，而在另一侧的墙上则画着一些工坊里用的工具：锤子、锯子、铁砧和钳子。

地上长出的一些竹笋、乱石和损坏的墙体挡住了部分街道，周围的窗户里没有一丝灯光，除了鸟鸣、猴子的嘶叫和树枝摩擦墙壁发出的沙沙声之外，孩子们就听不到别的声音了。苔藓类的植物沿着墙壁一直爬到腰部的高度，而茂密的树木几乎已经占领了所有建筑物的内部。

三个人随便选了一个看上去好走一些的方向，小心翼翼地一个挨着一个缓缓前进着。这里的气温很高，空气特别潮湿，衣服紧贴在皮肤上，身上的汗味很快便将周围的昆虫吸引过来。

孩子们前行着，所见之处都是些画着图案的墙壁、垮掉的露台、破损的屋顶和一些已经残缺不全的雕像。街道两侧的两座塔楼之间，往往会穿插着一些昏暗的小巷，就连月光都无法照进去。

伴随着他们的不断前进，可以慢慢开始听见越来越多的动物叫声，其中有些甚至会让人感到毛骨悚然。与此同时，在远处的某一幢废弃建筑里或是巷道里一直传来一种富有节奏的金属声，而当他们停下脚步想仔细倾听的时候，那个声音就又消失了。

穆雷走在队伍的最前面，如同受到了某种召唤一样一直前进着。米娜则在他的身后，时不时地回头数一数经过的塔楼数量，同时尽量记住墙上画着的图像来帮助自己辨认他们出来时的那扇门。而肖恩则在队伍的最后，如同一位猎人一样警惕地四下观察，他也听到了刚才那个有节奏的金属声音。

不过每当他刻意去分辨的时候却又无法听见那个声音，反而在他不

经意的时候，那个声音就又会出现。

　　孩子们经过了一处看上去像是广场一样的地方，广场中间原本应该
有一座高耸的纪念碑，而此时只剩下了一个三人高的底座。一只长着一
双蓝色眼睛的猴子在看到了孩子们之后，嘶叫了一声离开了底座。三个
人继续前进，他们总觉得四周有好多双眼睛正注视着自己。

　　"也许我们还是先回去比较好。"肖恩说，此时他们被一堵爬满了藤
蔓植物的高墙挡住了去路。

　　"再等等。"穆雷回答。

　　他们来到了高墙的巨大石块边，伸手搭在上面，石头摸上去温热且
毛糙。在经过了一段夜路之后，孩子们的双眼已经能够适应周围的环境。
他们注意到在高墙的一侧是一扇古老的城门，不过城门的四周已经长满
了野草，而在另一侧则是一段通往墙头的阶梯。

　　"穆雷！"米娜刚想开口阻止穆雷，没想到他已经爬上了楼梯。

　　另外两个人只能紧紧地跟上，阶梯的石头有些湿滑，孩子们必须时
刻小心防止掉落下去，再加上年久失修，整个攀登的过程显得十分费力。

　　随着他们站的位置越来越高，整座城市的轮廓也越来越清晰——
这是一座巨大的圆形城市，各种造型的塔楼相互毗邻，分布在一个个同
心圆之中。

　　从外向内数起来，同心圆一共有七层，这和托洛玫所见到的，以及
加里比教授在太阳之城中所读到的内容完全吻合。只不过眼前的这座城
市和他们所描述的那种辉煌景象截然相反。

　　在来到了城墙的最高处之后，众人的视野顿时开阔了起来。在他们

的脚下，黑色的热带树林延绵不绝，中间有一条银色的河流，空气温热且潮湿，同时伴随着一股淡淡的树木清香。暗紫色的天空中点缀着无数颗星星，在星光的照耀下，孩子们可以看到在遥远的地方有一幢湖上房屋，距离他们至少有两天的步行距离。那里还能够看到灯光，以及两根冒着黑烟的奇怪烟囱。河两岸的草丛中栖息着成群的秃鹳，四周一片寂静，风时不时会从远处带来某种异族乐器演奏的音乐，这音乐伴随着野狼的哀号声和乌鸦在枝头休息时发出的咕咕声缓缓传来。

"那是西塔琴的声音。"米娜辨认出了那个乐器的声音。

"快看那里！"穆雷指着远处那幢房子后方河流的入海口说道。

那里矗立着一尊巨大的四臂女性的神像，俯瞰着整座港口，神像的周围摆放着一些高约数十米的柴堆，熊熊燃烧的火焰直冲云霄。即便是在那种距离之下，孩子们仍然能够看见在神像的阴影之下，几十艘不同的船紧靠着并排停在港口。

"我猜那就是我们正在寻找的港口了。"肖恩看着那些船只说道。

孩子们趴在城墙的顶上，被眼前所见到的这一幕震惊了，他们开始感到有些害怕，担心随时可能被人发现。

"我们现在应该怎么办？"米娜问道，湿热的空气令人感到有些喘不过气来。

"你现在这样问我的话我也不知道该怎么回答。"穆雷嘀咕着，"几分钟之前我们还在阿尔戈山庄的客厅里，而现在，我们却……"

穆雷指了指这座神奇的城市以及远处灯火通明的港口。

"已经来到了塔普班纳……"肖恩替穆雷说出了后半句话，"我其实挺好奇你是怎么做到的。"

穆雷耸了耸肩膀，回答说："我只不过是找到了几把钥匙，然后用钥匙打开了那扇门而已。"

"仅仅如此？"

"仅仅如此。"

"没有施什么魔法？"

"哪有什么魔法。我只是想试一下能不能打开那扇门……没想到竟然真的开了！"

米娜的双眼一直望着远方，此时的月亮渐渐蒙上了一层薄薄的云层。

"我觉得我们应该马上先回去一趟，"米娜有些紧张地说道，"然后叫醒阿尔戈山庄里的所有人，然后告诉他们发生了些什么，我觉得这件事情可能比我们想象的更重要。"

"你觉得比发现了印地会的秘密港口更重要吗？"肖恩问道。

"要知道瑞克和加里比教授很可能就被他们带来了这里。"穆雷补充道。

米娜点了点头回答说："我觉得是的。"

成群的蚊子在孩子们的周围飞舞着。

"要是我们回去了之后再也打不开这扇门了怎么办呢？"穆雷问道，"又或者再次打开门的时候不是传送来这里的话怎么办？"

"可是我们回去之后为什么要把门关上呢？"肖恩反问道。

于是三个人转身准备返回阿尔戈山庄。天空中的云层越来越厚，废墟中的能见度也随之降低，孩子们的口袋里虽然有几支蜡烛，不过他们决定暂时先不用。

米娜跟在两位小伙伴的身后，仍然回想着在围墙上见到的景象，这时一条黑影迅速从她眼前晃过，钻进了边上的小巷里。

好像是一只兔子，又或者是一只大个的老鼠。米娜想到这里，不禁打了个激灵。伴随着黑影在草丛中的脚步声渐渐远去，在来时听见的那

个金属的机关声突然再次响起。

而草丛中的脚步声也戛然而止。

米娜的好奇心顿起。

"稍等一下。"她对走在前面的两位小伙伴说道，同时她走进了位于两座塔楼之间的小巷之中。月光透过云层的缝隙，照亮了小巷中十分狭窄的一小部分，而那只兔子，就躺在米娜身前的不远处。

它被陷阱给困住了，此时正在努力地挣扎着。

"哦，天哪，你还好吗？"米娜情不自禁地说道。

她伸手准备帮助那只可怜的小兔子，这时一个低沉的声音传来："如果我是你的话，我一定不会这么干。"

一个高大的身影出现在了米娜的面前，这个男人蹲下身来，米娜这才注意到他的一条腿是木头做的。只见这个男人伸手迅速一晃，便拧断了兔子的脖子。

第十五章

教父

永远都不要惹怒你的上级，
哪怕是用最不可思议的方式沟通。

"哈斯利主席……"海德夫人的声音从水池里传了出来,"您可以听见我说话吗?"

"可以的,海德。"拉里回答,"但是你得说得响一些,再响一些!"

沙漠之城的外面,风暴丝毫没有减弱的迹象,甚至有种随时都要将城墙推倒的感觉。

"我听说过这个名字,主席先生!"海德夫人继续说道,"但是这个人和您那里的沙尘暴恐怕没有半点关系。"

"你把知道的说出来就行了,笨蛋!"哈斯利有些着急地说道,"至于是不是有关系,这事是由我来决定的!快说,这个穆雷到底是谁?"

"是一个小男孩,主席!"

"一个小男孩?"哈斯利重复了一遍,"你所说的小男孩是什么样子的?"

"看起来十二岁左右,今天下午他出现在了里昂尼斯这里的伊苏城。"

"除了他之外还有谁?"

"还有一个三指水手,我已经派人跟踪他了,还有另外两个孩子——其中一个是印度女孩,和他差不多年纪,还有一个年龄稍微大一些,长得比较壮实,两个人的名字分别是米娜和肖恩。"

"继续说下去。"哈斯利抓住水池的边缘说道。

"他们似乎是在打听关于塔普班纳岛的消息,和我们在四天前抓住的另外两个反叛军分子一样,那两个人已经被我亲自押上了黑色海妖号并交给了苏约达纳。"

"他们被送去了塔普班纳岛?苏约达纳那里?"

"是的,主席先生。"

"那这个叫穆雷的小男孩呢?他和反叛军有什么关系?"

"这个暂时还不清楚,不过他在逃跑之前提到了一个名字,尤利西

斯·摩尔，主席先生。"

那个名字！又是那个名字！

尤利西斯·摩尔。

尤利西斯……

摩尔……

哈斯利面色如土，牙齿咬得咯吱发响，太阳穴上青筋暴出，"又是他！"他吼道，"为什么？"

尤利西斯·摩尔现在可以算是所有虚幻之地中的头号名人，每个人都在找他。作为一个最了解虚幻之地的人，他理所当然地成了拉里最害怕也是最仇恨的人。但是那个人连同他的船却好像在一夜之间突然从虚幻之地消失了一样。

"还有一件事情，哈斯利主席。四天之前，我们抓住了瑞克·班纳船长和杰克·迪·菲奥雷，这两个人一直都在我们的黑名单上，另外还有一个名叫加里比的老头儿，但他并不在我们的名单上，当时他们正打算去见我们一直在找的那个蓝色之海绘图师。"

"继续说下去。"

"这几个人到现在什么都没有招供。"海德夫人继续说道，"正如我刚才说过的，我已经把他们押上黑色海妖号了。"

"穆雷！我要你说关于穆雷的事情！他长什么样？高的？矮的？黄头发？黑头发？"

"身高大概一米六五的样子，主席先生，他比较瘦，有些肌肉，有一头杂乱的黑色头发，蓝色眼睛，穿着……"

"他去伊苏城干什么？"

"和其他人一样，主席先生。"海德夫人回答说，"他是去寻找蓝色之海绘图师的，为了问出去塔普班纳岛的航线信息。"

"难道说反抗军打算搞一次偷袭？"

海德夫人并没有回答。红色的鱼在水池底甩了几下尾巴，游到了一旁，海德夫人的脸上起了一些波澜。

"到底是谁告诉他们的呢？到底是谁？是谁告诉他们关于塔普班纳岛的事情的？"哈斯利气愤地问道。

"我也不清楚，主席先生。不过我想现在苏约达纳正在用他的方法逼问那些囚犯相同的问题吧。"

"是的，是的，你说得没错。"哈斯利点了点头说道，"没有人能从那里逃走，没有人！"

"我也是这样想的，主席先生。"

"那穆雷呢？你们怎么没抓住他？"

"在我们进入绘图师的家实行抓捕行动之前，正好赶上了当地的一场人民起义，主席先生……不过现在都已经摆平了，只不过，让那个男孩和他的同伴给跑了。"

"他们拿到地图了吗？"

"没有，主席先生，我们是在地图完成之前赶到的。"

"那个绘图师呢？"

"已经按照您的指示给解决了，主席先生。"

拉里·哈斯利仍然有些担心塔普班纳岛，反抗军究竟知道了多少呢？他们知道港口的位置吗？他们知道那里有多少船只吗？他们知道自己亲自下令毁掉了太阳之城和那里的居民，然后在河岸山庄里设立了分部吗？

"我得和苏约达纳通个话。"哈斯利说道。

"请您自便，主席先生，我这边还有什么指示吗？"

窗外的沙尘暴仍然在嘶吼着。

"去黑暗之岛集合。"哈斯利下令道。

说完，他把手中的岛屿模型扔回了水里，并抓起了另一座插着一面画有一条蝾螈旗帜的岛屿。

"苏约达纳！"拉里·哈斯利喊道。这个管理东方区域的负责人跑到哪里去了？

"苏约达纳！"

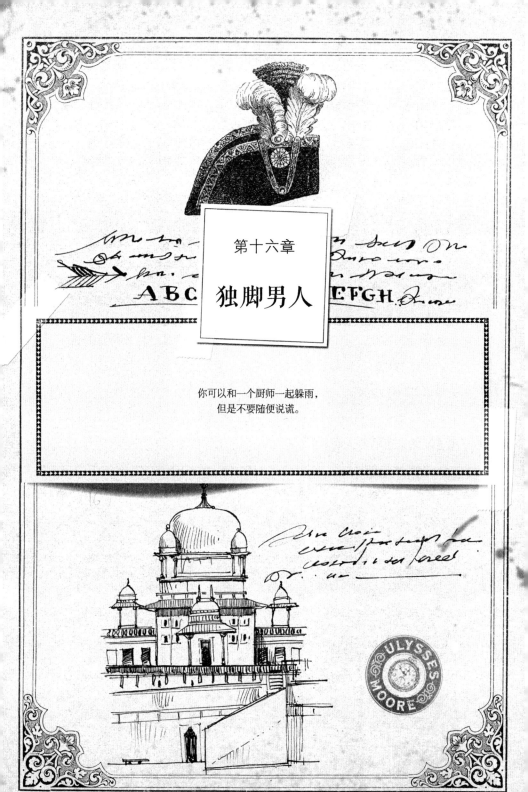

第十六章

独脚男人

你可以和一个厨师一起躲雨，
但是不要随便说谎。

米娜僵硬地站在了原地，一动也不敢动。

独腿男人收起了陷阱装置，将另外几个一样的陷阱装置一同挂在腰带上，举手之间，米娜还瞥到他的腰带上挂着的一支长管手枪和一把弯刀。

那条木腿通过几根皮带固定在髋部的位置。

米娜看着男子将死去的兔子扔进了背后的袋子里，然后擤了擤鼻子，大声地说道："你到底是从哪里冒出来的？看你的肤色像是一个野人，但你做的事情表明你显然不是。"

米娜还是第一次听到有人称呼自己为野人，刚才的恐惧一时间被气愤所替代，"你才是个野人呢！"她鼓起勇气反驳道。尽管面前的这个人长相有些可怕，满脸浓密的胡子中夹杂着泥土，头发乱糟糟的，看上去他像是一个白人。

男子直起身子，保持着身体的平衡，大笑着说道："哇哈哈，小姑娘，鬼才要做这里的野人呢！"

米娜一言不发。

男人看了她一眼，说道："不过我很好奇像你这样的一个女孩子是怎么出现在这里的，你说起话来还带着英国口音，穿得……我也不知道该怎么形容你的穿着。"

"这事说来话长……"米娜回答说，"说实话我也不知道该怎么向你解释……"

"你说什么？哇哈哈！你这个女娃娃说话真有意思！哈哈！是印地会的人把你抓过来的吗？"

米娜脑袋里飞快思索着面前的这个人到底会是谁？是敌还是友？从他捕杀兔子的手法来看，如果说他是一个海盗、一个杀手或者一个屠夫的话也不是没有可能，反正问一下也没什么关系。

"你到底是帮助印地会的还是反对印地会的？"米娜说。就在她抬起头的那一刻，一滴雨水落在了她的脸颊上。

男子重重地靠在墙上，感觉墙壁都开始颤抖起来。他大笑了两声之后，朝地上吐了口痰，问道："在你看来我是哪一边的呢？"

米娜眯起眼睛，肯定地说："反对他们的。"

"猜错啦！"高大男子说道，"我既不是印地会的人，也不反对印地会。对我来说谁来统治这座岛根本就不关我的事，那些统治者就像一个个皇帝一样一直在不停地更换，所以我为什么要在这种事情上浪费时间呢？"

对于这种观点，米娜觉得倒也是不无道理。

"听我这个老厨师一句话吧，小姑娘，这是我的忠告。"

"你希望我和你一样来抓兔子？"

高大男子的眼睛里闪过了一丝光芒，他双手交叉摆放在胸前，然后调整了一下靠墙的姿势，仿佛对于他来说，背着背后的那个袋子是一件十分辛苦的事。

"你可别小看抓兔子这件事情，特别是对于这种岛屿来说，一般来说兔子是不应该存在于这里的！"男子饶有兴趣地说道，"不过当你注意到这件事情的时候，它就会成为你餐桌上的美味佳肴，小姑娘，这种美味可不是每天都能够享用到的哦！"

米娜再次抬起头来，一脸担忧。此时的雨滴越来越密，同时也越来越大。

"很高兴认识你。"米娜看了一眼身后的小巷说道，"不过我想我得走了。"

穆雷和肖恩到底跑去哪里了呢？

"哦，不过在我看来这可不是一个好主意。"

"为什么呢？"

男子对着天空嗅了嗅，然后看着米娜说："还有不到一分钟的时间就会有一场暴雨，你和你的小伙伴们最好先在这里避一下雨，当然，如果这里不会倒塌的话。"

"你说的什么小伙伴？"米娜有些颤抖地反问道。

"你不是很擅长说谎啊，小公主，你就老实承认吧。你们刚才从路上走过去的时候我就听见声音了。你们就像是第一次来到这座城市一样。"

米娜动了动嘴唇，心想着反正已经被识破了，三个人在一起总比自己一个人好，于是就叫了一声同伴的名字。

空中的雨滴越来越大，两个男孩抱着头，弯着腰跑了过来，有些疑惑地看了一眼这个独腿男子。

"穆雷和肖恩……就差你的名字了，小公主。"男子一边问着，一边离开了墙壁，如同一头大熊离开了它最钟爱的树木一样。

"我叫米娜。"

"很高兴认识你们，孩子们，说实话，我很喜欢小孩子，当然这和我喜欢兔子不一样，你们知道吗？"见到几个孩子略有些惊恐的表情，男子大笑着说，"这边走，快，如果你们不想被淋成落汤鸡的话！放心吧，我不吃人！"

他一瘸一拐地后退了几步，重新拿起那个装满了不知道什么东西的包裹，然后用肩膀推开了一扇已经有些破损的门。此时他们进入了一座废弃的庙宇，庙宇的院子中间长着一棵巨大的玉叶金花树。雨越下越大，水滴在屋顶上发出噼噼啪啪的声响，不过幸好在屋子里仍然能够找到干燥的地面，足够给四个人避雨。

"恐怕我们得挤一挤了，哈哈！"男子将袋子往地上一扔，说道，

"你们有人会生火吗？"他看了一眼几个孩子，随后继续说道，"都不会，对吗？那你们帮我去找些木柴过来吧，生火的事情就交给我朗·约翰吧。"

"你说你叫朗·约翰？"穆雷睁大双眼问道，"是和《金银岛》里那个朗·约翰·希尔弗相同的朗·约翰？"

男人愣了一下，手轻轻地搭在那把弯刀上，嘴里嘀咕着什么，却又没有说出来，最后只是问了一句："怎么了？难道还有别人叫同样的名字？"

穆雷既惊讶又惊恐地看了一眼自己的小伙伴们，说："这怎么可能……"

"难道你认识我？小家伙？"

"当然，怎么会不认识？"穆雷回答说。

这下那个男人似乎有些乐了，问道："真的吗？说说看，那本书上是怎么说我的？"

"说你是个十足的大坏蛋！"

"哈！哈！说得好，小伙子！说得好！"朗·约翰·希尔弗一屁股坐在了地上，背靠着一根柱子，雨点落在他身后的不远处，发出的声音越来越响，"一个十足的大坏蛋！哈！这是我听到过最有意思的话了！你们这些小家伙难道不高兴吗？能够在这月亮之城里找到像我这样的一个伴儿？"

他看了一眼孩子们，他们似乎没有注意到这座废墟城市的名字。

"反正夜晚的时间还很长，小家伙们……不如这样，你们也说说你们三个人是怎么来到这个鸟不拉屎的地方的？"

废弃庙宇的屋顶下躲进了一些丛林里的小动物，三个孩子相互依偎在一起，向面前这个自称是有史以来最著名的海盗讲述了一部分关于自

己的故事。

当然，这些故事也仅限于他们是来这里寻找自己的两位同伴的，而这两个人则是被人从一座遥远的岛上通过黑色海妖号给抓来了这座岛，同时他们搭乘的船只就在岛外的海域等候着他们的信号，随时准备来接他们。

在整个过程中，朗·约翰·希尔弗一直非常仔细地听着他们的诉说，并没有表露出相信或是怀疑的态度。此外，他还提到了几条简短但非常有用的消息——他本人在塔普班纳岛已经生活了很长的时间，同时他也见证了整座城市由辉煌到衰败的过程，但是却丝毫没有离开这里的意思。

在他们的四周，充斥着各种水声——雨点滴落在屋顶上的声音，打在树叶上的声音，汇聚成水流从屋檐流下的声音以及砸在长满青苔的岩石上的声音。

朗·约翰·希尔弗并没有问孩子们的朋友是为什么被抓的，只是希望知道二人的名字以及他们是做什么的。

"其中的一个名字叫加里比，他是一位真正的教授，学识渊博，同时还是一个发明家。"穆雷回答说，"另一个的名字叫瑞克，嗯……瑞克是……"

"他是内梅西斯号的船长。"米娜补充道，"那是一艘反抗军的船只。"

"反抗军？"朗·约翰·希尔弗挠了挠自己的脑袋，同时停下了手里的动作，"反抗军又是谁？"

"反抗军可比你想象的要厉害。"穆雷回答说。

"是吗？"海盗叹了口气，似乎是在表达这种鸡同鸭讲的无奈，他伸手从袋子里拿出一只兔子扔给了肖恩，"你说的话最少，你会给兔子剥皮吗？"

说话间他扔了一把小刀给肖恩，然后便假装不再理睬他。

他是想看看我们会不会用刀。米娜心想。

"所以你所说的这两个同伴，一位是反抗军的船长，另一位是一位老学者……"朗·约翰重复了一遍道，"他们随着黑色海妖号被押送来了这里，什么时候呢？几天之前？"

"是的。"穆雷回答说。

"你们还说那个老头儿是一个牧师？"

"一个发明家。"

朗·约翰点了点头："他们大概被送去苏约达纳那里了吧。"

"送去谁那里？"

"苏约达纳，一个骨瘦如柴的印度人，他在印地会来到这里之前掌管着一个黑帮，这帮家伙的嗜好就是喜欢用一个铁环将人吊死，就像这样……咔嚓！"说着他用手在脖子上比画了一下。

米娜吓得立刻用手捂住了嘴。

"真是屋漏偏逢连夜雨。"穆雷嘀咕着，"太糟糕了，那印地会为什么会将我们的同伴交给这伙人呢？"

"因为这个人现在成了印地会的地区负责人，印地会收编了他，还给了他权力和职位。话说那个兔子你弄好了没有？"

肖恩将刀扔还给了男子，并将处理好的兔子也扔了过去，老海盗仔细检查了一下肖恩的工作，随后用一根铁扦将兔子穿好，取出自己的水壶，往兔子身上洒了一些带有刺鼻气味的液体，最后将其放在了火上。

"那你可以带我们去见他吗？"穆雷看着火堆问道。

"我当然可以带你们去，不过如果你们也被他抓起来的话怎么办呢？不管怎么说，如果你们坚持的话，我可以带你们到他驻扎地的附近。"

三个孩子相互对视了一眼。

"但是，好歹你们告诉我的故事得有一点可信的地方吧……"老海盗补充道。

"我们要去救两个同伴，这有什么奇怪的地方吗？"

朗·约翰·希尔弗翻动了一下火堆上的兔子，一股烤肉的香味扑鼻而来。

"是这样的，我的小公主，如果要离开这座城市，需要穿越那片丛林，但即便对于一个非常熟悉这里地形的人来说，也需要至少三天的时间，或者还有另一种方法，就是如果你有船的话，可以花半天的时间从水路走。但在这一侧没有任何可以让船只或是登陆艇靠岸的地方，到处都是礁石，在那边就更不可能了。据我所知，这一带唯一可以上陆的地方，小公主，是唯一的一个，就是卡里港，也就是我居住的地方。但是你们不是从那里来的。确实，如你所说，黑色海妖号来到了这里，但是你们也显然不是乘坐它来的，因为如果是这样，你们肯定认识苏约达纳，同样你们也会知道那些刽子手使用的铁环。但是刚才你们听到这些的时候表现出了十分惊讶的样子。所以，既然你们说的故事并不可信，那么我就只有一个问题可以问了，对于像我朗·约翰·希尔弗这样善良的一个人来说，帮助你们救你们的伙伴可以得到什么好处呢？"

"我们可以带你离开这座岛。"穆雷看着他的眼睛回答说。

"哈！你可真会说大话！我才说过你们不可能是乘船来的这里！"

"但是正如你所见到的，我们来到了这里！既然我们可以来这里，当然也可以离开这里！"

朗·约翰·希尔弗的双眼中反射着火光。

"带我们去找我们的朋友，作为交换，我们会带你离开这里。"穆雷反客为主地说道。

"那你们打算带我去哪里呢？傲慢的小鬼？"

"英国。"

老海盗的眼睛里泛起了一丝涟漪，令人不易察觉。一时间他突然想起了自己的故乡，嘴里冒出了一个名字："布里斯托……"

不过这也只不过是一瞬间的事情而已，旁人根本无法听见他说了什么。

"小伙子，看来你今天的运气不错。"海盗看了看兔肉的火候，说道，"你这种说话的方式让我想起了另一个小家伙，他的名字叫吉姆，他也喜欢用对等的语气和大人说话，只不过在一开始没有人把他当一回事。"

"那后来呢？"

"后来吉姆把看不起他的那些人几乎全都杀死了，在一座岛上。"朗·约翰·希尔弗大笑着说道，"从那个时候开始，我决定不可以轻视小孩子的承诺。"

"所以我们的交易达成了吗？"

"我们明天一早雨停了就出发。"朗·约翰·希尔弗说道。

海盗从火上取下了兔子，在孩子们面前张口咬了下去。

"你们应该都带干粮了是吧？"他边嚼边问。

"我们已经吃过了。"米娜咽了口唾沫说道。

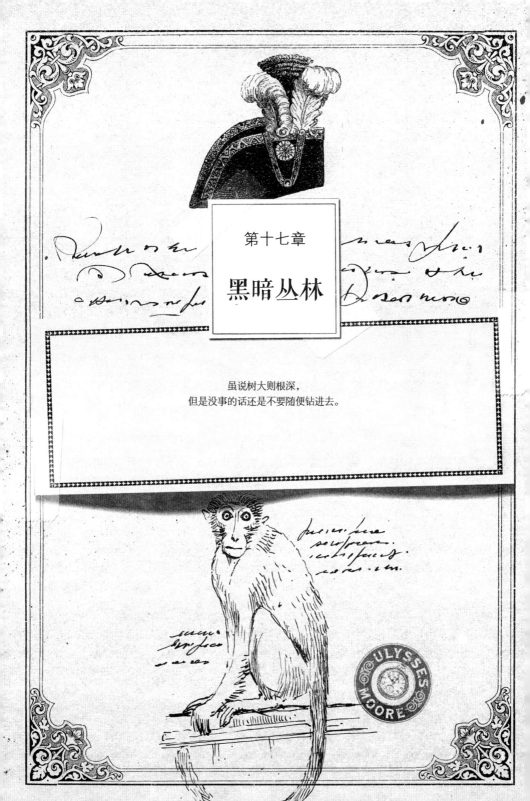

第十七章
黑暗丛林

虽说树大则根深，
但是没事的话还是不要随便钻进去。

朗·约翰·希尔弗的船就停在河岸边一棵被淹没了一半的树边上，周围站着十几只长腿湖鹳，如同站岗的守卫。

一行人筋疲力尽地来到这里，在下了一整夜的雨之后，穆雷、米娜和肖恩冷得依偎在一起。

在前一晚，朗·约翰打着呼噜睡着之后，三个孩子原本打算轮流值守，不过后来这个计划由于太过于困乏而不了了之了。

今天早上，当三个人被朗·约翰的木头假腿给踢醒时，他们发现海盗已经重新点燃了火堆，并用一个铜水壶热了一壶茶，在用完早餐之后，海盗便带着三个孩子从仅剩单边木门的城门口离开了太阳之城。

借助着白天的日光，孩子们发现这里所有的城墙上都画满了各种图案——有宇宙和星座、各种矿石，还有各种神话中的动物，只不过随着时间的流逝，这些壁画不是被风化，就是已经长满了藤蔓植物。

出城之后，一行人便沿着道路来到了一条泥泞的河边。

朗·约翰的船比一条木筏大不了多少，四周用木板围了起来，老海盗将船桨和竹竿交给了穆雷和肖恩，并告诉两个人尽量沿着河的中间前进，这样会比较省力。

"至于你，小公主，你就去船头那里观察前方，如果前方的水里有木头漂过来的话，你就提前通知我们。"米娜挑了挑眉毛，海盗继续说道，"那些很有可能就是鳄鱼的脑袋了……哈！哈！"

河水并不深，可能是由于刚下过雨，水里混杂着许多淤泥。小船在转了几圈之后终于来到了河中间，并开始顺着水流的方向前进。

河的两岸长着一些竹子，在大风的侵袭之下东倒西歪，几只孔雀在竹林中凄惨地喊叫着，因为它们身上一部分比较脆弱的羽毛被大风给刮跑了。在漂流了一段距离之后，河岸边的竹林变成了一些扭曲的树干，朗·约翰如数家珍一般地报出了所有树的名字：印度榕树、塔拉棕榈、

拉坦棕、菩提树。一行人的小船在河流中如同一片树叶一样，来回晃动，并且时不时地碰上水里的一些泥块或是树根。

　　在绕过一个很大的弯之后，大家的眼前出现了一望无际的热带丛林，伴随着各种颜色的鸟儿出入，还能听见此起彼伏的猴子叫声。再继续前进了大约一个小时之后，一行人来到了第二个相反方向的弯道处，这里的水流开始变缓，同时河水也变得混浊起来。

　　"把竹竿插到水里用力撑！插到水里用力撑！"朗·约翰兴奋地对两个孩子喊道，但却始终没有出手帮忙。小船在拐过了一个弯之后，湖水的表面上出现了大量的水草，同时水中的淤泥已经令孩子们无法看见竹竿的顶端了。

　　"天哪，穆雷！"肖恩这时突然用手捂住了嘴，他的竹竿似乎碰到了什么柔软的东西，这个东西先是浮了上来，随后又缓缓地沉了下去。

　　"哈！哈！在漂浮的坟场里怎么会见不到这些东西呢？怎么会见不到呢？"朗·约翰·希尔弗讽刺地说道。

　　肖恩并没有说他到底看到了什么，小船很快便穿过了这个有些恐怖的弯道，并再次顺着水流继续前进。

　　又过了一个小时左右，朗·约翰下令孩子们在河的右侧靠岸。他将小船藏进了芦苇丛中，然后对孩子们说道："我们到了。"

　　"这是哪里？"孩子们四下看了看问道。

　　在他们的左边和右边都是一些高大的竹子和茂密的灌木，树丛中除了可以听见一些奇怪的动物叫声之外，还混杂着蛇所发出的嘶嘶声。在更远一些的地方，矗立着一些更高的树木，地上长着长长的野草，四周一片寂静。

　　"我答应过你们会带你们去我认识的地方。"老海盗笑着说道，"我

现在正在履行我的承诺。"他指了指不远处的一片草地说，"你们穿过前面那片野菜地，然后直走几百米，就可以看到一棵巨大的印度橡树，就是寺庙里种的那种树。路上还要当心地上的蛇，那棵树的树干是中空的，里面藏着一条通往地道的暗道。"

"那我们到了地道之后呢？"穆雷咽了口唾沫问道。

"到了地道之后，距离你们的小伙伴就不远了。"朗·约翰·希尔弗回答道，"虽然那下面不是什么好地方，但是也没那么可怕。有人传言说苏约达纳的地下寺庙遍布了整座岛屿，那里的通道像迷宫一样复杂。但据我所知并非如此，那里没有几条通道，只是有些吓人，但确实没几条通道。"

"那我们该怎样找到我们的伙伴呢？"肖恩看着一根被风吹弯的竹子问道。

"这我就帮不上忙了。"朗·约翰·希尔弗耸耸肩，说，"我只是答应你们带你们到我认识的地方。这个入口知道的人不多，而且告诉我这个入口的人还说过，这里的戒备不是很森严，不过我并没有自己下去过，哈！哈！怎么样？你们是打算进去还是回头？"

"我们进去看一下情况吧。"穆雷说道。

米娜皱起了眉头，这实在是太冒险了。

"那你呢？"肖恩问道。

"我会在这里等你们几个小时，如果你们不出来的话我就回自己的住处了。"

"我们要是不出来的话，你也不能离开。"穆雷说道。

"哦，小家伙，你说的倒是轻巧，我知道了，我会记得的，现在时候已经不早了，你们到底打算怎么办？"

三个孩子有些不情愿地下了船。

朗·约翰·希尔弗至少有一件事没有说错，那就是那棵树真的非常显眼——整棵树一枝独秀地矗立在草丛之中，宽大的树冠向着四周延展开来，最远端的树枝直接垂到了地面上，如同一座庙宇的石柱一样。孩子们在远处仔细观察了很久，直到确认周围没有人之后才敢靠近。

一路上几个人没有停止过讨论，三人之中米娜是最反对这次行动的，一方面她不是很相信朗·约翰·希尔弗的为人，另一方面她也没想过另外两个伙伴会做出如此冒险的事情来。

要知道他们所面对的是一座陌生的岛屿，下面有四通八达的地道，而且里面很可能还会遇到囚禁了他们伙伴的匪徒。而三个人随身携带的除了穆雷的那一把小刀之外，就只有一个坏掉了的收音机、几根蜡烛和肖恩刚在口袋里找到的一个打火机。

"你们疯了吗？"

经过提醒，穆雷和肖恩捡了三根木棍，一人一根，以作防身之用。三个人绕着大树转了一圈，开始寻找朗·约翰提到的那个入口。

但是他们却没有任何发现。

"现在你们满意了吗？"米娜有些激动地说道，"我敢打赌我们的那位朋友已经开着船离开了，然后就这样把我们丢在了这里。"

穆雷并没有回答她，而是爬到了树上。

"在这里！"他找了一下之后喊道。

树洞的开口位于树干上第一节树枝的分叉处，大小刚好能够让一个人进入。

洞口绑着一根麻绳，看来是专门用于让人进出的。穆雷壮起胆子，第一个进入了树洞中。

树干中十分闷热，空气里弥漫着一股树叶腐烂的酸臭味。穆雷接过从上面递下来的打火机和蜡烛，点亮之后用来照明。树皮的内侧刻着许多妖魔鬼怪的脸，看起来非常可怕，伴随着树木的生长，这些脸变得有些歪歪扭扭的。树干与树根的连接之处挖出了几格旋转向下的阶梯，非常狭窄，阶梯的下方传来一股恶臭，不知为何，穆雷手上蜡烛的火焰一直摇晃着指向深处。穆雷弯下腰，似乎能够听见远处传来的鼓声和说话声，就好像树木本身在同他讲话一样，接着，穆雷在一瞬间似乎还听见了在城墙附近听到过的奇怪音乐声。

这是西塔琴，专门用于哀乐演奏的乐器。

穆雷情不自禁地打了一个哆嗦，预感到事情似乎远比想象的更麻烦。

"我先下去看看，"穆雷说道，"你们在那里等我一下。"

"不用那么麻烦了，"肖恩说完，不等穆雷反驳，便沿着树洞爬了下来，来到了穆雷的身边，"反正我们也已经来了……"他竭力掩饰着自己颤抖的声音。

三人沿着狭窄的阶梯旋转向下，手撑着两侧有些湿滑的墙壁，穆雷走在最前面，蜡烛燃烧产生的烟熏得另外两个人的眼睛几乎无法睁开。在转了至少五圈之后，一行人终于来到了底部，穆雷举起蜡烛，先是照亮了一侧，然后是另一侧。

"走哪边？"他问道。

说话的声音在地道中发出了低沉的回声，孩子们侧耳倾听着，当西塔琴的声音再次响起的时候，他们一致决定循着声音的方向而去。

米娜比较细心，她向穆雷借来了小刀，在墙上刻下了一个箭头，标明他们所选择的方向。

没走多久，他们便来到了一个岔口，两条地道同样都是一片漆黑，

米娜在墙上刻下了第二个箭头，同时她也注意到自己并非唯一一个想到这个方法的人，因为墙上有其他一些已经发黑的记号。没过多久，通道便到了尽头，于是他们决定掉头向另一个方向前进。

就这样，孩子们在地下通道转过了一个又一个弯。有些通道非常矮，他们唯有低头才能通过，有些又十分宽敞，有些通道笔直，有些又如同蛇一样蜿蜒曲折。他们时而向上，时而向下，很快，孩子们便失去了时间的概念，他们偶尔会感觉自己听见了来自远处的犯人受到折磨之后的惨叫声，偶尔会感觉看到了火光和人影。

这时穆雷开始担心自己会不会就这样永远被困在这里再也出不去了，而米娜甚至怀疑自己是不是正躺在阿尔戈山庄的床上，所有的这一切都是一场梦。肖恩则紧紧地握着爸爸的那台老式收音机。三个人手拉着手，穿越了黑暗而阴森的地道以及地底溪流，顺着时隐时现的鼓声和乐器声前进着。当第一根蜡烛熄灭之后，他们点亮了第二根，不过三个人的心中很清楚，他们已经没有退路了，因为当手中的这根蜡烛也熄灭之后，他们将彻底陷入黑暗。在点亮了第二根蜡烛之后，他们也决定变换一下队伍的顺序，肖恩带头，穆雷走在中间，米娜断后，就这样继续前进。

在走下坡路时，一行人一度见到了一些火炬的光线，但是他们仍然决定向着相反的方向追寻西塔琴的音乐而去。

当来到了后面一条隧道的时候，肖恩突然熄灭了蜡烛，靠到墙壁上，同时示意同伴也照做。米娜在黑暗之中紧贴着穆雷，她能感受到穆雷的心正在怦怦直跳。这时从不远处传来了两个男人的对话声，令米娜感到有些意外的是，这两个陌生人说话的方言竟然和自己奶奶说的话很像。

"他什么时候才可以停下？"其中一个人问道。

"早晚的事。"另一个人回答说,"早晚他们都得死。"

没过多久,两个光着上身的男子拿着火把从交会的另一条隧道中走过,借着火光,可以看见两个人的胸口都覆盖着大片的文身。

他们就是传说中的黑帮人员了。

"对于这个犯人,老大有什么别的指示吗?"

"老大说随他去,每天就给他一点水和一点口粮,不用管他。"

两个黑帮小喽啰几乎是擦着肖恩的肩膀走了过去,不过他们并没有注意到几个孩子。

当他们走远之后,三个人这才长舒了一口气。

"刚才他们提到有一个犯人!"米娜紧紧地抓住穆雷的手臂说。

他们重新点亮了蜡烛,黑暗之中的这点火光舞动着。

"我们现在朝哪里走?"肖恩问道。

米娜指了指刚才那两个小喽啰走出来的方向。

鼓声沿着隧道传来,孩子们加快了脚步,很快他们就来到了一个比较宽敞的山洞里,山洞中间摆着一个红色大理石做成的祭坛,四周围着一圈蜡烛。祭坛上供奉着一位坐在狮子背上面目可憎的神明,后面则是一排牢房。

"加里比教授?"米娜靠着墙壁,轻声喊道,"瑞克?你们在吗?"

然而并没有人回应。

"刚才那两个守卫还说了些什么吗?"穆雷问道,他的双眼一直无法离开祭坛上的神像。

这时,从一间牢房的栅栏中伸出来一双手,然后有一个声音问道:"米娜?是米娜吗?天哪!是我的眼睛花了吗?真的是你吗?"

第十八章

地下牢房

如果想要逃离地下监狱，
你需要一个能够在黑暗中辨别方向的向导。

"加里比教授！"三个孩子迅速围了过来。

教授的双手伸出栅栏外，激动地抚摩着孩子们的脸。

"我简直不敢相信你们会来！真的是你们！真的是你们啊！"教授笑着喊道。

他看上去十分憔悴，穿着一件运动服和一条已经破了的裤子，也许这就是教授被抓时候的样子。

"我几乎已经绝望了，以为自己就要在这里待上一辈子了！你们瞧瞧那些家伙把我关在了什么地方！这些混蛋！恶棍！你们再看看这些洞穴墙壁上渗出的盐，如果这帮家伙稍微有点化学知识的话，他们完全可以把这里改造成一个盐矿，然后就发财了！但是结果呢？他们就只会整天盯着你，威胁你，往自己身上文些花里胡哨的图案，然后就是一天到晚求神拜佛！简直蠢到无可救药！反倒是你们，你们怎么会在这里？这里很危险！快走吧！"

"我们是特意过来救你出去的，教授！"肖恩说着晃了晃铁栏杆，想试试它们是否结实。

感觉栏杆似乎并没有那么容易破坏。

"瑞克也在这里吗？"米娜扫了一眼别的囚室，看看有没有其他人在。

"没有！我也不知道他们把他带去了哪里。"教授回答说，"据说是带他去见一位僧人。"

"你是说苏约达纳？"穆雷问道。

"就是他！你们怎么会知道这个人的名字的？天哪，我为什么要问这么愚蠢的问题，既然你们都来到了这里，当然会知道这个人的名字！不过你们又是怎么来到这里的呢？"

教授不停地自言自语着，与此同时，穆雷开始检查牢房的锁，看上去这把锁已经有些陈旧了，上面锈迹斑斑，不过仍然很结实。他尝试着

将小刀的刀刃插入其中，学着电影里的样子捣鼓起来，结果差点划伤自己的手。

"哎呀！"他惊呼道。

"不是这样弄的，小伙子！"加里比教授说，"把刀给我！刚才说到他们带走了瑞克，然后……应该把刀刃部分这样平插进去，看到了吗？没人知道瑞克去了什么地方，明白吗？你需要仔细听锁孔里机关的声音，就像……这样……"

加里比教授一边摆弄着，一边听着锁里机关的声音，在咯嗒咯嗒试了两次之后，终于在第三次打开了锁。

"就像这样，看到了吧？"教授将小刀还给了穆雷，"你想要再试一次吗？"

穆雷搀扶着教授的手，说道："下次您再教我吧，教授！我们得在他们发现之前赶紧离开这里！"

"那瑞克怎么办？"米娜问道。

"我们晚些时候再考虑这个问题！"穆雷回答说。

"哦，那个小伙子比狮子还要勇敢，相信我！"加里比教授赞叹道。

一行人迅速往回走，每当经过一个岔口，肖恩都会放下蜡烛来寻找米娜在墙上留下的记号。

就这样，他们一个隧道接着一个隧道，用最快的速度跑向出口。

在拐了几个弯之后，肖恩停下了脚步，他手中的蜡烛已经非常微弱了，教授在他的身后喘着粗气，而站在最后的穆雷则不停地回头观察，他总觉得身后有什么东西跟着他们。

"记号找不到了。"肖恩检查了几遍身边的墙壁，嘀咕着。

"这不可能！"米娜激动地说。

"我们是迷路了吗，孩子们？"加里比教授问道。

"没有，"穆雷回答说，"我们没有迷路，朝这边走是对的。"

"会不会是在刚才那个岔口……"

"我们没有走错，肖恩！"穆雷走上前去重复了一遍，"我们！没有！迷路！明白了吗？"

穆雷看着肖恩，接过了蜡烛。

"记号就在这里，现在你看见了吗？"

然而那里却什么都没有。

肖恩缓缓点了点头说："啊，原来是这样，刚才我没有看见。"

"往这里走。"穆雷说着走在了排头。

"穆雷？"

"这里！"穆雷坚持道。

"你真的看见标记了吗？"米娜问道。

不过穆雷似乎并没有听见她的话。

没过多久，手中仅剩的那根蜡烛也熄灭了，四周重归一片漆黑。

"教授！"穆雷喊道，"我在这里，你把手给我，然后另一只手拉着米娜！肖恩，你在吗？"

四个人前后排成一排，手拉着手。

"我们继续走。"穆雷说完，继续在前面探路，"马上就到了，马上就要到了！"

"我相信你，孩子，你继续往前吧。"加里比教授说道。

"穆雷！你确定吗？"米娜问道。

"继续前进吧！"

四周的黑暗令米娜感到几乎透不过气来，空气变得更加潮湿闷热，

仿佛墙壁将外界的热量都排放进了隧道里。

"马上就要到了！"穆雷每前进一小段都会重复一遍，"千万别停下脚步！"

加里比教授的呼吸声在黑暗的地道中显得特别突出。

穆雷似乎显得有些歇斯底里，他一只手紧紧攥成了拳头，同时睁大了双眼，越走越快。他的大脑里已经没有别的想法了，只是不停地前进，前进，继续前进，就好像冥冥之中有什么东西在指引着他一样。

当他们最终拐过一个弯之后，黑暗的地道里出现了一线光芒，照亮了他们下来时的那些阶梯。

阶梯！

在见到出口的那一刻，穆雷松开了教授的手，喊着跑过去："你们看！我说得没错！找到了！找到出口了！这里就是通往那个树洞的出口！我们终于可以出去了！"

"你说这个阶梯通往一棵树的里面？"加里比教授喘着气问道，"这可真是太令人吃惊了！我想，在我们离开这个鬼地方之后，你们需要好好给我讲一讲你们的冒险故事了！"

"走吧，教授，先别急着讲话，节约些力气，我们现在上去！"穆雷脏兮兮的脸上露出一个微笑，说，"走吧，加油！"

当轮到肖恩的时候，两人相互击了一下掌。

"你来帮他们上去吧。"穆雷深吸了一口气后说。

当其他人都离开之后，穆雷这才从墙上挪开了身体，在他的身后，米娜留在墙上的记号赫然指着另一个方向。

穆雷完全是凭着直觉将所有人带到出口的。

"我绝不会倒在这里……"他嘴里嘀咕着，"因为还有一个伙伴需要去救。"

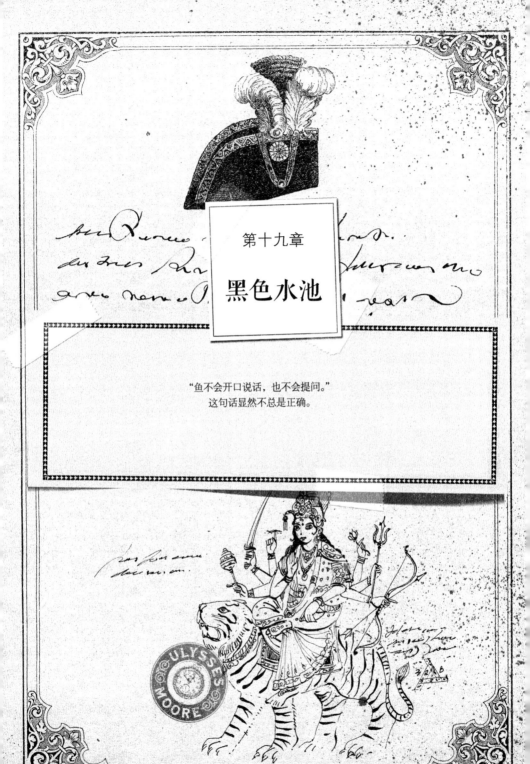

第十九章

黑色水池

"鱼不会开口说话，也不会提问。"
这句话显然不总是正确。

"松开你们的手！"瑞克·班纳怒吼了一声，挣脱了那些黑帮喽啰。瑞克作势假装要用铐着双手的铁链攻击对方，而那几个人则向后退了几步。说是人，其实他们看上去更像是一条条蛇，他们不停地伸手去摸瑞克的脑袋，也许他们从来都没有见过长着一头火红色头发的人。

太恶心了。瑞克心想。

他喉咙里发出低吼声，想要尽力吓退那些人，而那些人则用棍棒迫使瑞克跟着他们前进。

一行人来到了一扇石门前，负责押送的人用棍子敲了敲门，门打开之后，里面走出来另外一群黑帮喽啰，将瑞克带进了苏约达纳的地下寺庙中。

这座建筑的高度和基穆尔科夫的教堂差不多，里面摆放着好几个巨大的火盆用来照明。寺庙的顶部开着一个个的方孔，如同一个蜂房，火盆里冒出的烟通过这些方孔被排出室外。瑞克走在胭脂红色的大理石地板上，尽量克制着自己不要四下张望，以免太过于显眼。寺庙的中间摆放着一尊黄铜神像，是一位凶神恶煞的长着四条手臂的女性——她的一只手挥舞着一把匕首，而另一只手则提着一个脑袋，她的脖子上戴着一串骷髅项链，一直拖到脚下，同时腰上绑着一圈用割下来的手做成的腰带。这尊神像的脸上布满了文身，耳朵上戴着许多耳环，长长的血红色的舌头从微笑的嘴里伸出来。她的脚下有一个白色大理石的池子，里面的水清澈见底，同时还有一条金色的鱼在其中游来游去。瑞克从来都没有见过这种景象。

水池边上坐着一个骨瘦如柴的印度人，他目光如炬，卷曲的头发一直覆盖到太阳穴上。他穿着一袭金色的斗篷，光着的手臂上布满了白色的伤疤和神秘的文身。*

---

* 注：这里关于地底寺庙和大法师的描述和埃米利奥·萨尔加里的《黑色丛林的秘密》中的描述几乎如出一辙。

　　瑞克被带到了这位首领的面前，他被要求跪下行礼，瑞克拒绝了，不过紧接着他的膝盖后侧就被人用木棍狠狠地击打了一下，令他一个踉跄跪了下来，瑞克的双眼紧盯着面前的大理石地板。

　　"看来你就是他们所说的反抗军了。"虚幻印地会东方事务的负责人大法师苏约达纳说道。

　　"你又是谁？"瑞克问道。

　　"注意你说话的方式。"大法师双手交叉于身前，低声说道。

　　"我只是问了一句你是谁而已。"

　　"所以我让你管好你自己的嘴，除非我问你，不然就不要开口。"苏约达纳说，"在你面前的是印地会的大法师苏约达纳。"他站起身来，斗篷一直拖到地上，瑞克注意到寺庙中另外还有十几个身影在来回忙碌着。"所以说你就是反抗军了。"大法师走下台阶，伸手想要抓瑞克的头发，不过被他灵巧地躲了过去。

　　而瑞克也为此被人从背后敲了一记闷棍。

　　苏约达纳背过身去，四周的火盆中发出噼噼啪啪的声响，火光照亮了神像上挂着的那串骷髅项链。

　　"你们到底在反抗些什么？"他问道，"为什么要这么做呢？"

　　瑞克并没有回答。

　　"我们知道你们的所有底细，在我这里，每天被抓住的反抗军名单都在增加。"

　　"会有新的人不断站出来反抗你们的。"瑞克说道。

　　苏约达纳的眼中泛出愤怒的火光："新的人？谁啊？"

　　瑞克并没有回答。

　　"新的人……你是说尤利西斯·摩尔吗？"

　　瑞克仍然一言不发。

"你知道他躲在什么地方吗？"

这个问题令瑞克简直有点想发笑。

"即便我知道他在什么地方，也不会告诉你的。"

金色的鱼在水池里有些紧张地摆动了几下，同时苏约达纳看了它一眼。

虽然瑞克并不知道他打算怎样，不过他能够明显感觉到这位大法师所散发出的不安的情绪。

大法师伸出了一只手放在了水池边。

"但我可以强迫你来告诉我，"他说道，"而且我有不止一种方法来让你开口，"他指了指寺庙门外的地道，"但是我其实并不想这样做，只要你回答我一个非常简单的问题，"他微微一笑，继续说道，"穆雷到底是什么？"

瑞克有些吃惊地抬头看了他一眼。

与此同时大法师则显得有些激动了，他迫不及待地重复了一遍问题："你听见我说的话了吗？穆雷到底是什么？"

瑞克有些不敢相信自己的耳朵，他疑惑地笑了笑，反问道："你为什么要问我这个问题呢？"

金色的鱼在水池里扑腾了几下，水花直接溅到了外面。

"快告诉我，穆雷到底是什么？"苏约达纳再次重复了一遍相同的问题。

瑞克摇了摇头，"他和我一样……"瑞克嘀咕着。

"快说！"

"他是一个和我一样的男孩。"瑞克重复了一遍，"我知道了，你害怕了！你害怕他！"

苏约达纳走到瑞克的面前，扇了他一巴掌。"我谁都不会害怕！"

他有些歇斯底里地喊道，"虚幻印地会谁都不害怕！"

瑞克感到嘴里涌出来一股血腥味，不过他仍然保持着微笑。

金色的鱼如同发疯一样开始撞向池壁。

大法师的口中念念有词。

正在这时，地下寺庙的大门突然打开，几个黑帮喽啰冲了进来，似乎急着要汇报什么消息。

"他做到了！"瑞克有些兴奋地喊道，"穆雷做到了！"

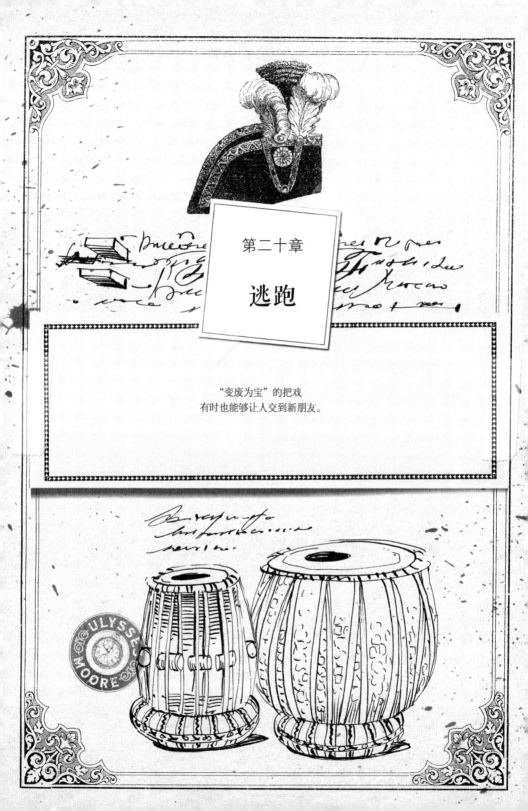

第二十章

逃跑

"变废为宝"的把戏
有时也能够让人交到新朋友。

地道中传出了各种鼓声和号角声，就连废庙里大树的树根似乎都在颤抖。

"怎么了？"正在向上爬的肖恩抓住树根问道。

"我猜他们应该是发现加里比教授已经逃走了，"穆雷在下面回答说，"看上去那些人好像非常非常生气。"

他们跳出树洞，顺着竹林一路狂奔，也顾不上树枝在他们身上留下的一条条划伤，直到来到了河岸的淤泥边。

"所以我们现在的计划是什么，孩子们？"加里比教授问道，他满头大汗，灰头土脸，淤泥几乎已经没到了他膝盖的位置，"你们应该有一个计划的，不是吗？"

穆雷向四周茂密的水草丛看了一圈，嘴里嘀咕了些什么。是他们弄错地方了，还是朗·约翰·希尔弗已经弃他们而去？

穆雷仍然不死心，继续拨开水草前进了几米，正当他打算放弃的时候，一只大手突然出现在了他的鼻子前。

"再次见到我这个大海盗有没有很惊喜？哈哈！"朗·约翰·希尔弗爽朗地笑着说，"我一开始还以为是一头受伤的老虎，没想到是你们！看来你们找到你们的伙伴了，现在我总算明白为什么那里会那么吵闹了！这边走，抓紧！你们来得还算及时——朗·约翰·希尔弗正准备扔下你们不管了！"

不过穆雷觉得老海盗说的并不是真话，不知道为什么，他总觉得朗·约翰不会丢下他们离开的。

他们迅速登上了来时的那艘小船。

"很高兴认识你！"当加里比教授上船的时候，朗·约翰主动打招呼说。

"我也很高兴认识您！"教授回答说，"您就是那个朗·约翰·希尔

弗？还是说只是同名而已？"

"哈！哈！你那么聪明不如你来猜一下啊？"

朗·约翰是最后一个上船的，同时用竹竿来帮助肖恩和穆雷前进，在多了一个人之后，小船的操控显得比之前更加费力了。

这时从他们刚离开的那片树林里传出了一声闷响，紧接着是一阵嘈杂声，令人胆战心惊。

"这次又是什么？"米娜一边在前方拨开水草，一边问道。

"可能是某个人大发雷霆了吧。"海盗一边用他的那条假腿敲击着小船的甲板来为孩子们加油，一边说道。

"看上去您挺高兴啊……"教授说着伏在船沿边，仔细观察着水流的方向。

"说实话我已经有好久没有遇到这么刺激的事了。"海盗回答说，"这让我回想起了年轻的时候。"

"也许还是不要回想起来比较好。"

"哈！哈！对于和我这样一个恶棍在同一条船上，你是不是感到很无奈呢，教授先生？"朗·约翰一边说着，一边弯下腰，从他的包裹里取出了一支长管猎枪，拿来当拐杖用。

"哦，不，完全不会！"加里比教授回答说，"事实上我很高兴能够有您这样的人物同行，因为这让我感到很安心。"

"先别急着说安心，你还不知道我的目的是什么呢。"老海盗笑着说。

"反正在我那个版本的《金银岛》中，希尔弗先生您是一位侠盗呢。"

朗·约翰饶有趣味地看了一眼教授，问道："你说什么？"

"说您是一位侠盗呢。"教授回答说。

"往右边靠一点！"朗·约翰·希尔弗下令，孩子们全力划动着船桨，勉强避开了水面上的一根枯木，而当米娜看着这根枯木的时候，它

却睁开了一对琥珀色的眼睛。

"您所提到的您的'那个版本'是什么意思呢，教授？"
穆雷边划边问。

加里比教授躺在船上，用他那双圆圆的小眼睛看着另外四个人，露出一丝狡猾的微笑。

"我小的时候，没什么钱，没法去买自己想看的书，而且我也不喜欢在图书馆里，人们自上而下看我的那种眼光。而在我长大以后，我开始有了不希望所有人都读到相同版本故事的想法，因此我会根据自己的想法和理解去重新写一些小时候就想要看的书，并且在这些故事里加上我个人的理解和喜好。"

米娜睁大双眼问道："您是说您重写过《金银岛》这本书？"

"是的，你说得没错！所以我刚才说在我写的那个版本中，朗·约翰·希尔弗是一位侠盗，而与之相对应的特里劳尼骑士则是一个阴险小人。"

"哈！哈！这个版本的故事我喜欢！"朗·约翰·希尔弗大笑起来，"我太中意你了，教授先生，他们能够把你从黑帮手里救出来真是太好了！"

接着，朗·约翰以迅雷不及掩耳之势速蹲下来，举起手中的猎枪，扣动了扳机。出膛的子弹贴着米娜的耳朵飞了过去。

砰！

一大群飞鸟受到惊吓之后从同一棵树上仓皇飞起，这棵树仿佛突然之间失去了所有的树叶。

与此同时，有什么东西从树上掉进了水里，发出一声闷响。

一切都发生得如此突然，以至于没有一个人及时反应过来。米娜只觉得自己的耳朵在嗡嗡发响。

"你所说的故事真是非常有趣。"朗·约翰·希尔弗继续把话说完之

后，抬起了猎枪，他用牙将枪膛打开，小心翼翼地往里面填充了一颗子弹。"小伙子！"他对着肖恩喊道，"你也拿把手枪，只要看到灰色的人影，就直接开枪！"

肖恩点了点头，把船桨递给了米娜。

"你们赶紧划船！"朗·约翰指示道。

穆雷二话不说，埋头开始用力，而坐在另一侧的米娜虽然没有男孩那么强壮，但也在拼尽全力。没多久，两人便满头大汗，引得蚊子都围了上来，不过一行人并没有停下。

河面渐渐变宽，水流变得更快了，穆雷和米娜停下了手中的船桨准备休息片刻。与之前相比，这里的河水更加混浊，礁石的边上还有一个个小型漩涡。朗·约翰看上去似乎没有任何担心的表情，从刚才到现在，他没有再用过手中的猎枪，并且把肖恩的那把手枪也收了回来。

水中一群正在喝水的水牛见到小船之后让出了一条通道，在下一个转弯处，孩子们还见到了一群好奇的白鹭。没过多久，四周丛林里的树木开始变得稀少，取而代之的是一些椰子树、藏红花和芝麻树。在经过了一群飞鸟之后，一行人终于在河岸边见到了一些孤零零的房子。

当他们再次转过一个弯之后，河上出现了一些形状怪异的草屋。朗·约翰·希尔弗示意孩子们靠岸行驶，将小船的行踪隐藏在支撑草屋的木桩之间。

在进入这些木桩间之后，孩子们注意到，许多木桩上都用各种颜色做了标记，也许只有朗·约翰才明白其中的意思。伴随着潺潺的水声，一行人静悄悄地穿行在这座小岛的核心区域。

阳光透过木板之间的缝隙在水面上形成一条条光线，从屋子上垂落下各种各样的管道，其中有一部分还朝着河里排放一些臭烘烘的污水，

有时候会有一两个居民出现，不过他们都是面无表情，而且很快便消失在了屋子里。在一些比较破旧的屋子上还有电线垂下来，看上去很危险的样子。整个生活区域的水面上漂浮着各种各样的垃圾，像是塑料瓶、水草、鱼头和一些腐烂的食物随处可见。

与此同时，水上草屋里的居民仍然会将一些菜叶和别的垃圾不断地扔进河里。三个孩子和加里比教授坐在船上，可以清楚地听见头顶上各种嘈杂的声音：孩子的哭声、男人的骂声、女人的笑声、脚步声和各种叫喊声。他们前进的过程中，还遇见了另外两艘相向驶来的小船，上面载着一些神秘的货物，而朗·约翰和两位船主都打了招呼，他们似乎是认识的。

"嘘！"当一行人来到了一根画有一个红色圆圈记号的木桩之前时，朗·约翰示意孩子们减慢速度。他抓住一根从几米高的木屋上悬挂下来的绳子，用力一拉，屋子的地板一下子就打开了，四个衣衫褴褛的孩子从上面顺着木桩滑进了河里。

"是我！是我！"朗·约翰高兴地招呼道，然后他示意孩子们把小船交给几个小鬼来处理。

那几个孩子将小船推上了一个木头阶梯，然后从上面扔了几根装着挂钩的绳子下来，朗·约翰将自己的包裹和随身携带的物品都挂在了钩子上。

"做得很好，孩子们！"朗·约翰说道，"你们想我了对不对？"说着，他站起身来，跨上了阶梯，伸手将加里比教授拉到了自己的身边。

"欢迎光临寒舍，教授先生。"海盗将自己的手放在胡子上擦了擦，然后伸向教授，这算是一个比较正式的自我介绍了，"这些小鬼就是我朗·约翰·希尔弗的助手们。"

加里比教授有些虚弱地和海盗握了握手，随即欣然接受了朗·约翰

的邀请，走上了阶梯。

"教授先生，就着刚才我们在船上说到的话题，我还有一个问题。"海盗问道。

"请讲……"加里比教授靠着扶手举步维艰地向上走着。

"到底是谁告诉您关于我去金银岛的故事的呢？"

米娜、穆雷和肖恩看着朗·约翰的几个小助手把船系在柱子上固定好，由于天气炎热，几个人突然想到，为何不乘此机会索性在这里洗个澡呢？于是他们脱下了身上早已湿透的衣服，正在这时他们注意到那几个小朋友正看着他们不停地笑着。

"你们在笑什么，嗯？"肖恩光着膀子问道，"是没有见过一个专业汉堡大胃王的肚子吗？"

米娜举止优雅地脱掉外套，安静地进入河中；穆雷抓着一根木桩，纵身一跃跳进水里；而肖恩最为夸张，他看准时机，以一个四仰八叉的姿势入水，水花溅得到处都是。

草屋下的河水温热黏稠，仿佛流动的不是水而是油。河底并不深，几个孩子踮起脚尖，将自己的鞋子和衣服举过头顶，一蹦一跳地前进。

这里天气炎热，人多嘈杂，让人感到透不过气来。

"哦，天哪，那是什么，穆雷！"米娜突然喊道，她感觉双腿之间似乎有一条黏糊糊的绳子穿过。

穆雷对着米娜微微一笑，回答说："你还是别多想了，不管怎么说，这里和地下通道的环境相比已经不知道好了多少倍。"

说完，穆雷抓住阶梯的最后一格，爬了上去。

朗·约翰·希尔弗的小屋子一侧靠着石头，墙壁是用石块堆砌起来

的。屋子里一共有四个房间——一间是他自己的卧室，一间是孩子们的卧室，一个小卫生间，马桶的污水直接就排放进河里了，而最大的房间则是一个客厅，客厅里放着好几张小茶几以及各不相同的瘸腿小椅子。屋子的木门用纸糊起来，其正对着的是一个石头砌起来的炭炉，上面黑漆漆、油腻腻的。除了这些之外，客厅里还有一张用旧船体龙骨做成的桌子，墙壁上还挂着一幅混血女孩的肖像画。

尽管屋子的门是用纸糊的，不过由于周围其他的房子都比较高，所以能够照进来的阳光并不是很充分，因此客厅的中间还用一根黑色的电线接着一盏吊灯。此外，最大的桌子上放置着一些瓶子和塑料容器，这似乎成了整个客厅中唯一一种稍微符合时代的元素了。

当三个孩子进入客厅里的时候，只见朗·约翰正在和加里比教授谈论着什么，另外有几个孩子负责将小船放好，还有两个孩子踮着脚尖，负责在炉子里生火。

"在这里你们可以放心，我已经派了五个孩子去附近望风了。"朗·约翰告诉教授，"虽然这里的条件不怎么样，不过对于我来说也没什么可抱怨的，当然，对于他们来说也一样。"他指了指那几个正在嬉戏玩耍的孩子。"这些孩子在被我带回来之前都已经快饿死了，现在好歹能有一个睡觉的地方。而我虽然听不懂他们说的话，但是我很相信他们，孩子们可比一个女人忠诚多了，你同意吗，教授？"

听完这番话之后，教授面色一沉，不过很快便恢复了正常，毕竟朗·约翰也只是开个玩笑而已。两个人的身后，墙上挂着的那幅女孩肖像画显得格外醒目。

这时，朗·约翰对着其中一个孩子喊了一声，那个孩子立刻心领神会地开始将烧热的木炭放到烤架下面。很快，整个屋子里便肉香四溢，穆雷的肚子这时开始不争气地叫了起来，引得朗·约翰看向他。

"刚才肚子叫的不知道是一头小狮子呢，还是小穆雷呢？哈哈！孩子们！把厨房里的饭团、炸蛔蛔还有'白肉丸'都拿过来，快！"然后朗·约翰看了穆雷一眼，补充道，"虽然比不上热腾腾的英国面包，不过你们就先凑合着填一下肚子吧。"

几个人坐在了桌子边，很快，几个小朋友便端上来一大碗香米饭、几串炸蛔蛔和一些看上去像是棉花糖一样的白色小球。

"那个我不想吃。"肖恩看了一眼蛔蛔之后说道，然后拿起来一个像棉花糖一样的白肉丸咬了一口，味道似乎还不错，他就又拿了一个就着饭团吃了下去。与此同时，米娜和穆雷则尝了几只炸蛔蛔。

这东西虽然看起来不怎么样，但是味道挺香，和鸡翅差不多。

"你吃的那个其实是蝉的幼虫。"朗·约翰·希尔弗看见肖恩又拿了几个之后对他说，"这玩意儿在这里可是很流行的。"

肖恩一下子愣住了，这才仔细看了一眼手上抓着的白色小球，当他意识到那真的是一条条小虫之后，立刻从椅子上跳了起来，然后冲出屋子，将嘴里的东西全部吐在路边，惹得客厅里的小孩们哈哈大笑起来。

教授先生婉言谢绝了这些食物，很有礼貌地表示自己吃不惯，随后他将话题引到了客厅中的吊灯和电线上。

"提到这些电线和电灯，其实这也是印地会控制本地居民的一种方式。"朗·约翰脸色一沉，说道，"非常简单，在这里，印地会是唯一一个可以把电线引入家里的组织，在居民们意识到这点的时候，已经无法改变这种现状了。就比如我家，正如你们所见，我已经习惯了这种规定，而且，如果我想要继续使用灯和电的话，就得向他们交钱，这还不包括如果遇到灯坏掉了之后高昂的维修和更换费用。"

"换作是我的话，可能永远都不会想着要向一个真正的海盗去要电费……"教授开玩笑说，"那这种情况下就没人反抗吗？比如自己私自

接电灯电线？"

这时，桌子上端来了一盆刚刚烤好的鱼，散发着诱人的香味。加里比教授仔细看了看客厅里的情况，想了一会儿后说："比如在这里造一套太阳能发电系统。"说着他从脏兮兮的口袋里掏出了一把像是泥土一样的东西问朗·约翰·希尔弗，"我可以用一下这里吗？"

"如果你想把泥土放在桌子上的话，我可是会让你付出代价的哦！"说着，海盗一大口咬掉了半条烤鱼。

"这可不是普通的泥土，我只是希望能够感谢你为我们所做的事情。"教授平静地回答说，"这些是碳酸铵盐，在普利尼奥的著作中将其称为阿蒙盐，在我被关押的那个地道里到处都是这种盐，由于它在空气中会释放出氨气，所以带有一股刺鼻的气味。"

"说实话，我有些听不懂你说的内容了。"老海盗有些不好意思地说道。

"没关系的，您只需要给我一个塑料瓶子就可以了，希尔弗先生，尽管这种方法很难获得纯净的碳酸氢铵，但是我可以试试用盆子加热来提纯。"

加里比教授说完闷声吃起了烤鱼，而穆雷、米娜和肖恩也一起大快朵颐，对于他们几个人来说，这也许是他们这辈子吃到过的最美味的佳肴了。当用餐完毕之后，教授拿过来准备好的塑料瓶，将其装满水和碳酸铵盐，然后指了指铁皮做成的天花板。

"希尔弗先生，如果您想要试一下的话，您可以让一个孩子爬到天花板上，在铁皮上挖一个洞，然后把这个瓶子塞进去，使其一部分露在外面。"

朗·约翰·希尔弗立刻下令照做，一分钟不到的时间之后便一切就绪了。

"然后呢？"海盗疑惑地问道。

加里比教授微笑着说："您可以试一下关上吊灯。"

朗·约翰·希尔弗吹了声口哨，立刻有一个小孩拉下了屋子的总电闸，当吊灯熄灭之后，众人惊奇地发现在客厅里亮起了另一盏灯，虽然不是特别亮，但却十分稳定。大家围在瓶子的四周，穆雷和米娜站起身来，想要检查一下水瓶是不是被施了魔法。

很显然并没有什么魔法，水瓶只是收集了室外的阳光，将其投射在客厅里。

"这就是简单的折射原理。"加里比教授重新坐回到了桌子边上说，"而碳酸铵盐的作用是让瓶子里的水保持清澈，这样一来你们白天就不用再开灯了，也就可以少付些钱给印地会。"

"哈！哈！"朗·约翰·希尔弗高兴地一瘸一拐在客厅里走了一圈，赞叹道，"这真是一个有趣的玩意儿！你竟然只用了一点臭烘烘的水就做了一盏灯，你是一个真正的发明家！"

教授莞尔一笑。

"小子们，这东西你们喜欢吗？很漂亮吧？要是我们在村子里把这东西卖给所有人的话，也许可以攒点钱来养老了！哈！哈！教授先生，您给了我一个很好的想法！"说完他的双手往胸前一叉，"现在我真是得好好犹豫一下，是不是要接受穆雷先生的建议带我回英国老家了。"

"啊，对了！"这时，肖恩在一旁突然说道，"说到家的事情，您知道您原来住的那幢房子已经被他们给拆了吗？幸好我们及时赶到，把里面的那套模型赛道给搬了出来。"

"房子给拆了？你是说真的吗？"加里比教授问道，语气中透出了一丝无奈。

"非常遗憾。"肖恩回答说。

朗·约翰·希尔弗朝着地上吐了口痰，然后揉着自己的胡子说道："如果有人能去把那个港口给拆了就好了，这样也许这座小岛就能回到以前的样子了。"

教授看了海盗一眼，突然好像想起了什么似的，问道："港口那里停着的船几乎都是木制的，对吗？"

"您可以说一下您的想法。"朗·约翰·希尔弗见到事情似乎有所转机，一下子兴奋起来。

第二十一章

困乏的
旅行者

睡觉令人旧愁不去，
更添新堵。

这样不行！这样不行！这样不行！

这样审问犯人根本就行不通，那个男孩不会说的。拉里·哈斯利心想。

让他统领整支军队，结果苏约达纳那个家伙却什么都做不好，他既没有维护好黑暗之岛的秩序，而且连那里隐藏了印地会大军的秘密都泄露了出去。

"一定是他说漏嘴的，你信不信，韦斯克斯？"印地会首领对自己的那只布兔子说道，"那个人的野心太大了，通常来说野心越大的人越危险。"

在结束了和地底寺庙的通话之后，拉里·哈斯利往水池里给尼莫倒了一些食物，然后便走了出去。

房间外仍然能够听见呼啸的风声，但是跟之前相比已经减弱了，最危险的时候已经过去了。

或者说，基本过去了。

过道里，在哈斯利的卧室和楼梯之间，挂着两幅肖像画。不知道出于何种原因，这两幅画都被翻了过去，面向墙壁，两幅画的中间放着一块软木黑板，上面是拉里画的虚幻印地会的组织架构图。

这一切都如同他的一个大型游戏。

在他的名字（名字边上原本写着"总司令"的字样，后来被划掉，改成了"首领"）和韦斯克斯（特别顾问）的名字边上，写着各个地区事务的负责人，而负责人的下面还有不同的技术人员、寻宝人员（啊，对了，拉里还得去找一下那个人）、船队、舰长和海军军官。除此之外，黑板上还写着各处工厂的地点。

是的，就是那些生产灰人士兵的工厂。

就是那些被选中的沉默的士兵。

"他的野心太大了，不是吗，韦斯克斯？"拉里·哈斯利紧盯着黑板，自言自语道，然后他拿起一支黑色水笔，在苏约达纳的名字边上打上了一个大大的问号，"如果说他真的让一个犯人逃跑了，那只能说明他这个人不但野心大，而且做事情不仔细，对吗？更何况逃跑的那个犯人好像还认识穆雷，那我们该怎么办呢，韦斯克斯？"

玩偶兔子并没有任何回应，楼梯下传来了一些人说话的声音，不过拉里·哈斯利并未理睬，他回到了自己的房间，关上了门。

风仍然很大，但是其中夹杂的沙子明显比之前少了很多。

拉里·哈斯利看着眼前那个挖掘并拉起泽祖拉之城的工地现场，一片狼藉。

那些飞船的残骸仍然在沙丘上燃烧着，如同一条条鲸鱼的尸体。他的士兵们六神无主地愣在原地，而本地的监工则冲着他们大发雷霆。

"真是可怜。"哈斯利自言自语，"不过这些灰人根本就没有思想，他们什么都不知道，只是流水线上生产出来单纯的劳动力而已。"

"不知道伯林翰怎么样了。啊！对了，也许我应该考虑将他从印地会的组织架构中踢掉。"

哈斯利对于自己此刻竟然还能够如此镇定而感到有些意外，他开始学着别把所有的事情想得过于严重。

毕竟他还可以再次尝试拉起泽祖拉之城，或者将整个沙漠都搬走。

如果说这场沙尘暴是由那个叫穆雷的男孩引起的，那他也许也可以引发一场大水，将沙子都冲走呢！

"这个主意也不坏呢，韦斯克斯。"他嘀咕着，"我们可以把要做的事情记一下，不过在此之前，我们先得解决苏约达纳的问题，而要解决问题的唯一方法就是……先去和他谈一谈。"

他关上了窗户，整个房间里一片漆黑，哈斯利坐在床边。

"我得想办法让自己睡着，韦斯克斯。"他对着自己的玩偶兔子说道，"只有睡着了，明天才有力气去解决一个个问题。"

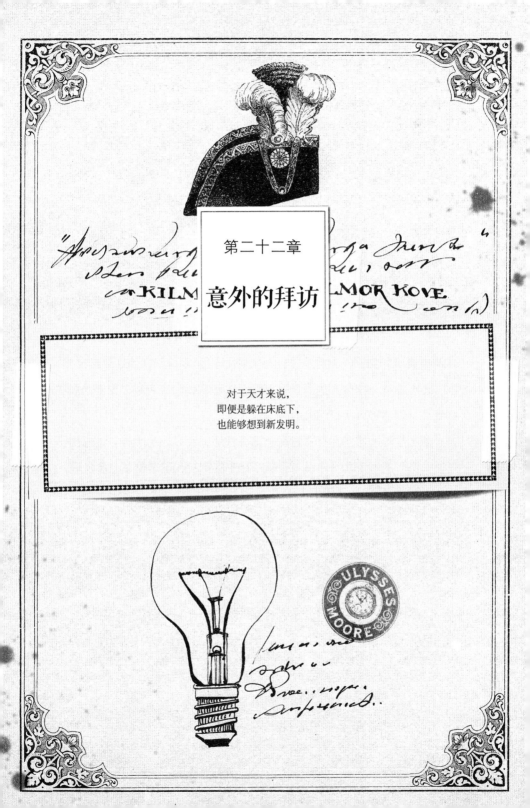

第二十二章

意外的拜访

对于天才来说，
即便是躲在床底下，
也能够想到新发明。

朗·约翰·希尔弗在茶几上摊开了一卷羊皮纸，上面画着这个村庄和卡里港的地图，尽管他的笔迹有些模糊，还夹杂着不少错别字，不过这并不影响大家对于整个地区概况的理解。

海盗用火柴点燃了一支烟斗，然后坐到了大家的身边，抬头吐出了一股蓝色的烟雾。

在朗·约翰的地图上，这条河流在村庄的位置一分为二，其中一条分支通向热带丛林，朗·约翰在那里标注着"废墟之城"的字样；而另一条分支则流向相反方向，通往一片树林，那里标注着"炭矿，木材"的字样。

村庄位于地图的正中央，而卡里港则坐落在村庄和大海的中间，港口两侧的堤岸如同一对括号。此外，在村庄和港口所在的这片区域里，原先还竖立着一座废弃的碉堡，而现在这座碉堡已经变成了穆雷之前在城墙上看到的带有两根烟囱的房子了。

朗·约翰·希尔弗在那幢房子上标注了"工厂"的字样，这幢房子与通往炭矿的河流之间通过一些悬在空中的钢缆和矿车相互连接起来。

"这是哪里？"孩子们问道。

"这里是他们用煤炭发电的地方。"朗·约翰回答说，"差不多相当于是他们的大本营吧，这里和港口之间有一条专门的连接通道。"海盗用烟斗点了点地图，"那艘把你们同伴抓来的黑色海妖号就停在离这里不远的地方。"

"那这地方里面有什么呢？"

"他们的士兵。"朗·约翰猛吸了一口烟斗之后说。

"这样说来是不可能进得去了。"穆雷低声说道。

"据我所知是这样的。"朗·约翰回答道。

"也许可以躲在运煤车里进去。"肖恩说。

所有人都望向了他。

"我曾经这么干过。"肖恩继续说道，"之前我就搭乘过类似的东西，在抵达马路边的时候跳下去，然后……"他耸了耸肩，似乎并没有把故事说完整的打算。

"那苏约达纳在什么地方呢？"米娜看着地图问道。

朗·约翰弯下腰，先指了指工厂的位置，然后手指顺着河流向上移动，来到了一个画着洞穴的位置，洞穴的边上标注着"地底寺庙"的字样。"苏约达纳一般会乘坐他自己的一艘金色小船往返于寺庙和工厂之间。"朗·约翰用手指在两个地点之间来回比画着，"如果小船在港口这里的话，那就说明他在工厂里，不然就正好相反。"

"那现在他在哪里呢？"

朗·约翰·希尔弗吹了声口哨，一个小孩跑了过来，海盗在他的耳边说了些什么，然后小男孩笑着跑出了房门。

"他在寺庙里，不过据说他们正在准备船只，他要去工厂。"朗·约翰回答说，"我已经让一个小孩过去查看了。"

"我猜瑞克就在那里。"米娜看着工厂的位置说道。

而穆雷则摇了摇头，说："我觉得直接就这样过去有些太鲁莽了，不是吗？"

朗·约翰伸了伸自己的那条假腿，回答道："事实上，我们这里唯一一个被通缉的人就是……教授先生。"

加里比教授抬起头来，此前他似乎一直都沉浸在自己的思绪中。

"而如果教授还是穿着这身衣服的话，在几公里之外就会被认出来。"朗·约翰·希尔弗说道。

"看来我这辈子都注定逃避不了着装的问题，"教授说道，"我的妻子也总是抱怨我的衣服。"

"你是想她了吗？"海盗直白地问道。

"有一点，您呢？"

朗·约翰狠狠地抽了一口烟，然后回答说："我的妻子烧得一手好菜，而且我可以告诉你们一件事……"

正在这时，朗·约翰突然停了下来。

一个男孩快速从屋子前跑过，并且在门上敲了三下。海盗如同弹簧一样从座位上跳了起来，对着一行人喊道："快找地方躲起来，马上！"

一行人还没来得及弄明白发生了什么，朗·约翰的小孩们便将他们围了起来。

海盗收起地图，来到了大门口。

"教授躲到我的床下！"他低声说道，"其他人躲到水里去，快！"

穆雷、肖恩和米娜赶紧来到了通向河里的楼梯上。在他们的身后，一个小孩不停地推着几人，同时嘴里叽里呱啦地在说着些什么。

"慢一点！慢一点！我们这就下去，明白啦！"

几人连衣服都来不及脱，便重新来到水中，与此同时，那个小孩将他们的头按下去之后伸出一根手指放在嘴上，发出"嘘"的声响。

直到三个人全部入水并且只留鼻子在外面呼吸之后，那个小孩才平静了下来，接着他如同一只猴子一样灵活地爬上了另一座草屋，随后就消失在他们的视野里了。

穆雷不顾另两个人的劝阻，在水里缓缓地移动起来，一直来到了草屋正门的下方。

他的头上传来了一阵脚步声和朗·约翰那条木头假腿的走路声。

"很高兴能够见到你们！"他们听见老海盗开口说道，"有什么可以帮忙的吗？"

"那些人是谁？"肖恩游过来小声问道。

"卫兵。"穆雷回答说。

"他们有几个人？"

"两个或者三个吧，我也不是很清楚。"

在一阵脚步声之后，传来了一个陌生声音和朗·约翰的对话："要不来上一杯吧……在丛林里……一个老头子……致敬我们的卡里港……"

脚步声从一个房间转移到了另一个房间，最后来到了朗·约翰的卧室里。

"是被发现了吗？"

两个人摇了摇头，无法判断屋子里到底发生了些什么。

"他会不会出卖我们？"米娜嘀咕着。

穆雷并不担心这一点，如果朗·约翰要背叛他们的话，为什么在此前还要帮助他们呢？

脚步声停了下来，接着传来了一阵桌椅搬动的声音，然后是对话声。

直到所有人都离开了那个房间。

穆雷顺着声音的方向缓缓游过去，想看看是否能有所发现。只见一个身穿一身红色制服的东方人站在那里，他的身边还有第二个人，但是穆雷看不清那人的模样。朗·约翰在和他们握手致意。

"怎么样？"肖恩问道。

"他们好像走了。"

"那朗·约翰呢？"

这时传来了一声闷响，一个孩子跳进了水里，正好落在距离穆雷只有几厘米的地方，随即他不由分说地抓住穆雷的脑袋，将他拼命往水里按。

"嘿！"肖恩一边说着，一边准备游过去帮助自己的朋友。不过穆

雷似乎自己能够解决这个问题，他抓住小男孩的脖子，将其按在一根木桩上，并对着他比画道："嘘！"

直到头顶上的脚步声远去了，穆雷才松开手，小男孩掉到水里，呛了两口水。

"这下就搞定了。"穆雷对着肖恩说道。米娜有些责备地看了穆雷一眼，不过穆雷避开了她的目光。"只不过刚才我喝了两口河里的水，"他咳嗽着说道，"如果我没有马上死掉的话，估计以后就可以免疫所有的病毒了。"

三个人在水里又足足待了半个小时，刚才的那个长得有些贼眉鼠眼的小男孩就这样一直盯着他们，让他们一步也不能动。最后，在海盗的首肯之下，三个人终于登上阶梯回到了屋子里，并且还换上了一套散发着强烈鱼腥味的衣服。

"我让我的小弟们到这个村庄里最好的商店去给你们买些东西。"在孩子们换衣服的时候，朗·约翰说道。

"刚才那些人是谁？"穆雷接过一件外套穿上之后问道。

"他们是来找越狱犯的。"海盗回答说，"不过教授先生很幸运，因为我决定让他再逃亡一段时间。"

"看来待在这里也不安全了。"加里比教授说道，"而且我也不想你们中的任何人因为我而丧命。"他穿着一件宽大的外套，脖子的开口处直接搭在了肩上，如同一件斗篷。米娜睁大眼睛看着教授，说实话这种穿法还挺适合他的，现在教授看起来很像一位古代的先知或是来自巴格达的数学老师。

"我在希尔弗先生床底下看到了一些东西，我们可以试试看……那个应该是火药吧？"

老海盗点了点头回答说："那是用在我的猎枪上的。"

加里比教授坐到了桌子前，要了一支笔和一张纸，迅速写下了一张需要购买的物品清单。

"我需要几公斤糖和几根铁管，最好是带弯角的那种，哦，还需要一把木工钻或是一把起子，硫化锑和高氯酸钾已经有了……我不确定你这里有没有胶带，不过即便没有的话，也可以用树胶来代替，最后，当然还需要印地会地道里用的那种灯，越长越好。"教授将清单交给了朗·约翰·希尔弗，"我保证今后不会再有人来找你的麻烦了，约翰，我可以叫你约翰吧？"

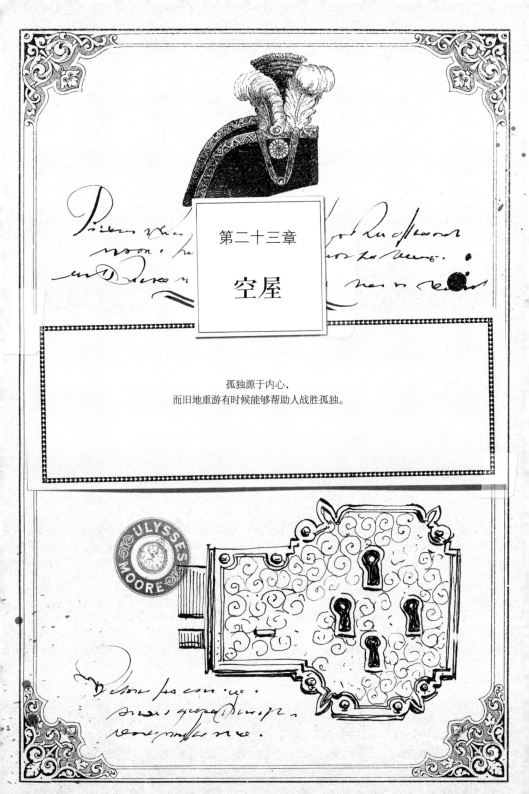

第二十三章

空屋

孤独源于内心，
而旧地重游有时候能够帮助人战胜孤独。

泊 涅罗珀·摩尔步行穿过了整个小镇，大海就在她的左侧。她路过了河堤和港口，镇上酒吧的大门吱呀作响，而查帕面包店的招牌上覆盖着一层灰。全镇唯一亮着灯的地方就是山崖上的阿尔戈山庄，此时看过去如同一颗夜空中的明珠。

夜色早已降临，而这也是孩子们消失在时光之门后的第二个晚上了。

孩子们离开的时候，四把钥匙仍然插在对应的锁孔之上。

"为什么不能再打开了呢？"当康纳意识到这里只剩下自己、摩尔女士以及迪斯科·特鲁普之后大声问道，"他们去了哪里？我们得赶紧出发去找他们！"

对于他的问题，泊涅罗珀只知道一个答案——当时光之门打开，有人穿过去并关上门之后，从这一侧就再也无法打开大门了，直到另一侧有人再次回来为止。

在过去，有许多人从这一侧穿过大门，也有许多人从另一侧回来，但是时光之门只能够从一侧打开的原则从来都没有改变过。

以前当时光之门打不开的时候，尤利西斯曾经考虑过这种可能性：就是有人在他们不知道的情况之下使用过那扇门，也就是说，在那个人回来之前，这扇门就无法再次开启了。

到底是谁呢？

发生在什么时候？

他去了哪里？

她的丈夫绞尽脑汁都没有找到这些问题的答案，而那扇门也始终都没有开启过。

但是，现在却突然……

"是你的一个孩子，尤利西斯……"泊涅罗珀微笑着自言自语道，同时裹好自己的羊毛围巾，继续前进。她的脚步声在空荡荡的小镇里回

响着，海水拍打在礁石上，发出忧郁的声响。

她虽然不知道穆雷是怎么做到的，不过她很确定一定是穆雷打开的时光之门。在穆雷第一次踏进阿尔戈山庄的时候，泊涅罗珀就注意到穆雷的眼神闪耀着不同寻常的光芒，这种眼神令她想起来尤利西斯之前曾经邀请来过阿尔戈山庄的其他孩子。

他们都拥有着一种纯粹的想象力和天真，如同鸟儿一般反应敏捷，努力不让自己在现实生活中循规蹈矩，并且用自己的方式解读着世界的规则。

很遗憾，她的丈夫没有见过穆雷，而且这里也没有人见到穆雷是如何打开时光之门的。

他们会去什么地方呢？

康纳对于他们的目的地倒是十分确定，尽管理论上来说穆雷可能去任何一个虚幻之地，不过当他得知这一消息的时候，第一反应就是：穆雷他们去救加里比教授了。

因此康纳决定事不宜迟，应该马上出航！他和迪斯科驾驶墨提斯号，同时埃齐奥驾驶内梅西斯号。他们手上唯一能够用来寻找正确航线的物品就只有埃齐奥从里昂尼斯带回来的那面海洋之镜。

尽管这不是地图，不过如果要在海上寻找一个虚幻之地的话，这件物品可能比一份地图会更管用。在托洛玫之前进行仪式时，在镜面上留下了火烧后的痕迹，面粉、陶土和油勾勒出了一些像航海图一样的印记。对于一个蓝色之海绘图师来说，他们的工作就是这样，利用自己的想象在某一件物品上制作出一个模板，然后通过模板来印制出一份真正的地图。只不过由于托洛玫的仪式被打断了，所以现在这面海洋之镜上的航海图模板十分模糊。

"昨天晚上墨提斯号似乎有动静，女士。"迪斯科·特鲁普在去港口

视察之后如是汇报道。事实上墨提斯号拖着船锚在沙地上留下了一道十几米的痕迹。

泊涅罗珀想起它在每次出发之前都会发生这种情况。

老妇人在来到海峡之后向着灯塔的方向走去，海水已经退潮，墨提斯号费了很大的劲才驶入海中，但是没过多久它便静悄悄地消失不见了，如同一场梦境。

现实就是她成了留在基穆尔科夫的最后一位居民。当然，山庄里还有维特灵先生，不过他之前虽然醒来过一次，但只是简单问了一声洗手间在哪里，说自己做了一个奇怪的梦，梦见自己在修理一座房屋的屋顶，然后便再次睡去。

泊涅罗珀很清楚，如果一个虚幻之地没有了居民，或者没有虚幻旅行者再能记起这个地方，那么它就会消失，这个结果对于她本人而言当然不会有任何身体上的伤害。不过不知道为什么，她似乎感觉到海面上那云层堆积的地平线正在逐渐扭曲，长满树木的山丘也开始变得越来越小，一种空虚开始包围住她的身体。

她希望这个小镇还有一丝生气，同样她也必须让自己保留一份希望，在这样一种想法的驱动之下，泊涅罗珀决定暂时先不回阿尔戈山庄，而是沿着海湾走一走。

空旷的小镇显得有些凄凉，不过却掩盖不住它那种简单的美，海水在浪花那白色泡沫之下几乎让人分辨不出颜色。泊涅罗珀面对着蜿蜒曲折的坡道，反问自己为什么不去港口取那辆自己开出来的小货车。

因为她想要用自己的双脚去感受这片土地，她想要有足够的时间去思考。

山庄阁楼上的窗户尤利西斯一直都没有修理过，在前一天晚上直接就被风吹开了。墨提斯号的出现如同带来了一阵暴风雨，时光之门也再

次打开了。

还有什么事情要发生呢？

泊涅罗珀拿出一大串钥匙，尝试着打开灯塔的门。整个小镇上房子的钥匙都在她这里。

她的心情十分沉重。

她找到了灯塔里的灯，打开之后，走下阶梯，她来到了一扇关闭着的门前，蹲下身体，伸手摸了摸门缝的附近。

冰！

在门缝的下面有冰！

这里是从什么时候开始有冰的？

"怎么会这样？"泊涅罗珀打了个寒战，自言自语道。

接着她来到了灯塔的顶层，按照记忆中的方法抬起和放下了几个好几年都没有碰过的开关，黑暗之中有什么设备开始发出了嗡嗡的声响。

"拜托……拜托……拜托！"泊涅罗珀念叨着，"别把我一个人留在黑暗里。"

咔嗒！

灯塔顶部有一道白色的光线一下子划破了黑夜，天空如同睁开了眼睛一样。

接着，这道光线开始沿着灯塔转动起来。

"太好了！"泊涅罗珀多么希望这时身边能够有一个人能给她一个拥抱。灯塔照亮了小镇周围的海域，所有她所深爱的人都已经离去了。

泊涅罗珀坐在了原本属于伦纳德·米纳索的那张单人沙发上，看着眼前的景象。

一片黑暗，一道光线。

正当她准备离开房间的时候，她注意到角落里放着一台经过改装的

无线电收发装置。

这是她的丈夫以及朋友们所做的一个小发明。所有人，特别是伦纳德，都研究过这个东西，按照他们的理论，这台装置经过改装之后能够接收到一个特殊的频率，他们称其为"零频率"，而通过这一频率能够实现虚幻之地之间的通信。

但是说实话这玩意儿并没有怎么被用过，泊涅罗珀回忆道。

说不定……

灯塔的光束在海面上不停旋转着。泊涅罗珀·摩尔将椅子推到了装置前，打开了设备，转动了几个旋钮，然后对着麦克风轻声说道："这里是基穆尔科夫反抗军电台，这里是基穆尔科夫反抗军电台，有人能够听见吗？有人能够听见我说话吗？"

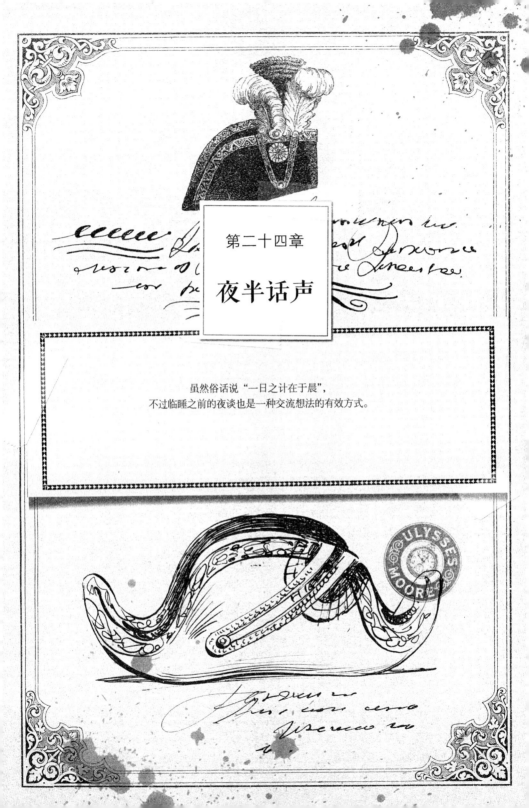

第二十四章

夜半话声

虽然俗话说"一日之计在于晨"，
不过临睡之前的夜谈也是一种交流想法的有效方式。

随着夜幕降临，小村庄进入了宵禁的状态，码头上亮起了灯，白天熙熙攘攘的街道此刻空无一人，只有偶尔能够见到的巡逻队正在紧张地寻找着什么。河水有节奏地拍打着岸边，夹杂着几声从远处传来的关门或是关窗的声音。

发电厂的烟囱里不停地冒着黑烟，悬挂着的缆车在风中轻轻地晃动着。

朗·约翰·希尔弗回到自己的房间并关上了房门。加里比教授趴在炉子下面似乎在研究着什么，他所需要的东西全部堆在小船上，上面盖着一层布遮挡着。有十来个小孩聚集在小房间里，探头看着三个孩子。

米娜、穆雷和肖恩在客厅里腾出来一些空间，对于他们来说虽然这只是离开家的第三个晚上，但是却仿佛经过了几个月一样。他们身上散发着奇怪的臭味，他们甚至见到了一些无法用语言来形容的场景，而与此同时，他们也体会到了不同于以往人生的刺激和新奇。

房间里闷热得令人透不过气来，当客厅里终于只剩下三个人的时候，他们开始轻声交谈分享着各自的看法。首先他们要想办法找到瑞克，然后赶紧离开这个地狱一样的小岛。不管加里比教授有什么计划，他们决定明天得偷偷告诉教授关于时光之门的事情。

如果想要回到废弃之城，孩子们就需要求助朗·约翰·希尔弗。穆雷对于他倒是十分信任，不过米娜仍然有些将信将疑，肖恩虽然是无所谓的态度，不过他觉得只有他们三个人是无法自己驾船回去的，因为他只要一闭眼就会想起之前在河上见到过的可怕场景。

"要是康纳在这里的话，"他叹了口气说，"一切就会变得简单了。"

是呀，康纳是他们的船长，此时此刻他在做什么呢？

在这条河上，除了普通的船只之外，还有黑帮的守卫、鳄鱼、死人、蛇……对于孩子们来说，要独自逃跑确实太困难了，而另一方面，老海

盗也不可能就这样让他们走掉。

"你们该不会真的想把一个海盗带回去吧？要知道他以前干的可是杀人越货的事。"在等到其他人都睡着了之后，米娜轻声问道，"他难道不应该被关进监狱里去吗？"

肖恩在黑暗之中翻了个身。

"我觉得没问题，可以带上他一起回去。"在思考了一下之后，穆雷回答说。

"你们还记得时光之门的位置吗？我们就这样过去能找到吗？"肖恩翻了个身，转向两人。

"我认为没问题，"米娜回答说，"它就在那条墙上画满了机器和各种发明的小道里，那座塔的院子外墙上画着一台印刷机……"

这时黑暗中突然伸出来一只手，抓了一下米娜的头发。

"该死的小鬼！"米娜喊了一声，抓起一只拖鞋扔了过去。

另一边发出了一阵哄笑声，随即屋子里再次恢复了安静。

屋子外有各种动物在叫，三个孩子伴随着这些声音很快便睡着了。

根本没有人听见朗·约翰·希尔弗的房间门打开和关上的声音。

第二天一早，海盗的小鬼们一拥而上从自己的房间里冲了出来准备吃早餐。这些动静把三个人吵醒了。

客厅里充斥着小孩的笑声和叫声。没过多久，朗·约翰一脸没有睡醒的样子也走出了房间。在吃完了牛奶和饼干之后，这些小鬼跑出屋子，向不同的方向散开，而客厅里也短暂地恢复了安静。

"今天的天气真不错啊，教授先生。"朗·约翰打招呼道，"再过一会儿我也开始准备烤兔子了，那请问一下您是怎么打算的呢？"

教授伸了个懒腰，展示了一下他已经完成的部分工作——只见他拿

出来十来根管子，每根管子上面都用电动钻头打了一些孔。

"这是什么东西？哈！哈！这些东西能用来干什么呢？"朗·约翰·希尔弗问道。

教授有些神秘地笑了笑说："你可以把那根灯管递给我吗，约翰？"

加里比教授小心翼翼地拆开了灯管的头部，保留着内部所有的接线，然后将其用一张纸包裹了起来，塞进了管子的开孔里，并用胶带封好（早些时候，朗·约翰的小孩们去买了二十来卷胶带）。

"现在可以在管子里加入火药粉和四分之一的糖，并将其封闭起来。"教授继续说道，"接下来只要接通电源，灯芯便会发热，随即引燃包裹着的纸张，然后……"

"嘭！"朗·约翰·希尔弗兴奋地大喊道。

"嘭！"加里比教授微笑着回应说。

这一天，穆雷、米娜和肖恩主要负责在村里四下打探情况，以便于他们能直观了解这里的地形和估算到达目的地的距离。

阴森森的工厂和港口停泊着的黑色海妖号令他们印象深刻。

朗·约翰的餐厅白天照常营业，用他著名的烤兔肉招待了几位食客。与此同时，教授则在他的卧室里忙碌地做着准备，在夜幕降临之前，他制作出了大约两百米长的专用电线和四十五根加里比炸弹，并将其三根一组连接在一节电池上。

大家在晚餐时一起品尝了朗·约翰的烤兔肉。

"这顿晚饭价格是四个铜币，小伙子，"老海盗说道，"再加上之前买材料所花的钱……"

肖恩在桌子上放了一英镑，问道："这些够吗？"

够了！

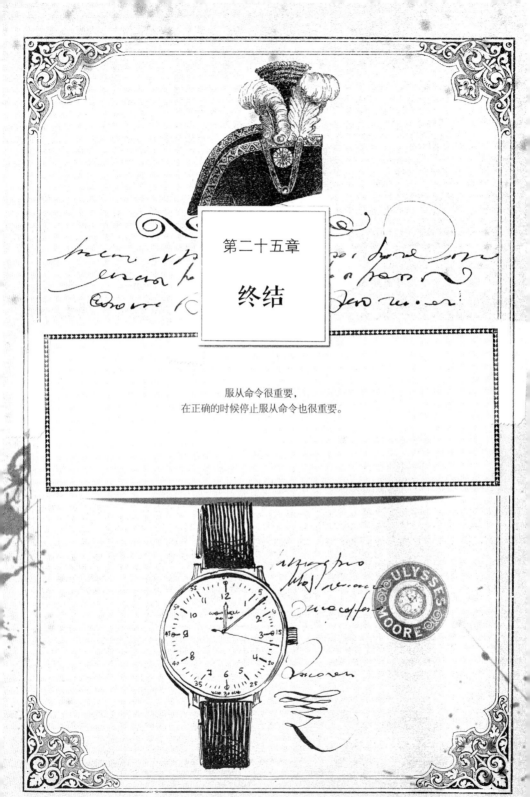

第二十五章

终结

服从命令很重要，
在正确的时候停止服从命令也很重要。

拉里·哈斯利一睁开眼就知道有什么事情不太对劲了，因为韦斯克斯掉在了地上。

而在这之前这种事从来都没有发生过。

"你还好吗，韦斯克斯？有没有摔疼？"拉里一把将其抱起来重新放到床上，关切地问道。

然后他来到窗边，打开窗户，看着外面的火焰。

熊熊的烈火燃烧在可怕的港口守护神卡里的脚下。

"该做事情了，韦斯克斯……"拉里·哈斯利自言自语道。

他打开房门，穿过走廊走下楼梯，来到了一间巨大的黑色房间里，房间的中间部分有一道铁丝网做成的墙壁，而另一侧放着一些巨大的发电机。

拉里·哈斯利感到了一丝焦虑，他手上紧紧地抓着黑暗之港的模型，想着一些事情。

这样他能多一些安全感吗？

这时迎面跑来了三个人——一个是身穿着红色制服的卫兵，一个是赤裸上身，胸口留着文身的黑帮喽啰，而中间那个是东方事务的负责人，身穿一袭金色斗篷的大法师苏约达纳。

拉里并没有理睬他们，看都没看一眼三个人那有些可笑的打招呼方式，而是径直走向了他们身后的那个红发男孩。

"所以你就是那个认识尤利西斯·摩尔还有穆雷的人。"他在距离瑞克几步远的地方停了下来，问道。

瑞克·班纳的双手被绑着，抬起头来看了他一眼，问道："所以你就是拉里·哈斯利？"

他的声音有些颤抖，身上布满了瘀青，不过尽管他受到了拷打，但却什么都没说。

不是这样的，对待这种犯人不应该是这样问的。哈斯利心想。

"我就是拉里·哈斯利。"

"这可真是让人感到吃惊啊。"瑞克说道。

两个人不再多说些什么，只是相互打量了一番。

这时卫兵和苏约达纳走上前来。

"首领。"卫兵称呼道。

"老大。"苏约达纳说道。

拉里·哈斯利的太阳穴微微颤动着，他之前特意通知过所有人别再用"老大"来称呼他，他们应该早就知道才对。

不过拉里并没有说什么，只是看着面前这个囚犯。

"你想说什么？"拉里问道。

"穆雷说得没错，"瑞克·班纳说道，"你只不过是一个小孩子。"

拉里·哈斯利脑袋突然"嗡"的一响。

"您的……"

"首领……"

"他怎么……"

"我……"

他看着瑞克，脑海里不断地重复着同一个声音：你只不过是一个小孩子。

你只不过是一个小孩子……

你只不过是一个小孩子……

拉里·哈斯利深吸了一口气。

冷静，他需要保持冷静。

他知道该如何应付这种情况。

拉里放缓了呼吸的速度，克制着自己的怒火，告诉自己不要做出疯

狂的举动，不要去向韦斯克斯问建议。

他得时刻牢记自己到这座黑暗之岛是来干什么的。

他为什么会在睡梦中来这里呢？就是为了亲自来审问这个犯人。

因为这里的负责人……

他需要知道真相，穆雷究竟是谁？

为什么这个叫穆雷的人能在泽祖拉之城引发一场风暴？

他的思绪有些混乱，右眼皮一直在跳动。

"你只不过是一个小孩子。"这句话再次在他的脑海中回响起来。

"我这就让你见识一下我这个小孩子到底能做些什么。"

拉里·哈斯利双手交叉在背后，转过身来，伸出一根手指。

"苏约达纳？"他对着身穿黄金斗篷的大法师说道，"你的手下愿意为你做一切事情，哪怕是牺牲生命也在所不惜对吗？"

"是的，首领！"印度法师毫不犹豫地回答。

"他们对于你的命令也会绝对服从吗？"

"是的，首领！"

拉里·哈斯利微微一笑，再次转过身来面对着瑞克，心想：你可看好了！

"既然你说他们如此忠诚，那如果你下令让他们将你斩首的话他们也会照做吗？"拉里问道。

苏约达纳站在他的身后，瞪大了双眼。

"先生，我……"大法师结巴着。

"你是我的一位重要助手，苏约达纳，你曾经向我发过誓会对我永远忠诚，我把整座黑暗之岛和军队都交给你来管理，我默许了你在岛上的任何行为，我还把最重要的犯人都交给了你。但是有人告诉我其中的一个犯人神秘地消失了……"

"首领……我……"

"关于这些事情我会晚些和你算账，苏约达纳，现在我只是让你下达命令而已，然后我会在他们砍你的头之前阻止他们。这样一来，我们的这位客人就可以知道在印地会里到底是谁说了算了……"

拉里·哈斯利一边说着，一边不停地打量着面前这个犯人的眼睛。

"首领，"大法师说道，"这个犯人已经承认了……"

"快下命令，苏约达纳！"

"可是！"

"快！"

苏约达纳颤抖着照做了，他身边的刽子手面无表情地走了过来。

拉里·哈斯利静静地等候着，头也不回。

他计算着时间，等到觉得差不多了的时候。

"停下吧！"他举起手说道。

但为时已晚，大法师已经死了。

瑞克·班纳双眼紧闭，工厂里一片寂静。

拉里·哈斯利转身离开。"把这个犯人带到黑色海妖号上去，"他对着卫兵说道，"然后送去我的城堡。"

"遵命，首领！"

"通知海德夫人，让她来负责所有的东方事务。"拉里·哈斯利转向那个刽子手说道，"至于你，你做得很好，现在我任命你为这里的大法师，你看怎么样？很好，现在你可以去告诉同伴们了，对了，你可以把这件金色斗篷也穿上，如果你喜欢的话。现在所有的人都离开这里吧！"

他转向瑞克问道："现在你可以告诉我谁是穆雷了吗？"

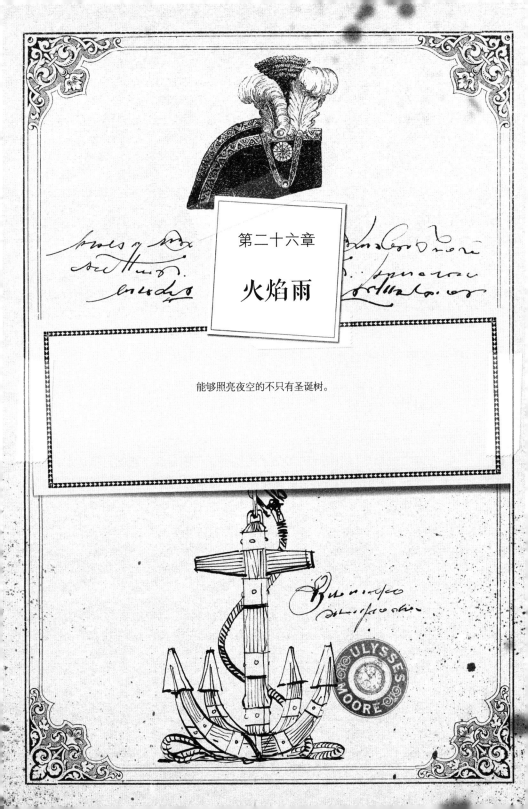

第二十六章

火焰雨

能够照亮夜空的不只有圣诞树。

在一片紧张的氛围中，夜色降临了，由于宵禁的措施，街上一下子冷清了下来。穆雷、米娜和肖恩在与朗·约翰以及加里比教授最后确认了一遍计划之后，跳进了河里。

三个人身后背着四个教授特别为他们准备的防水背包，他们示意海盗的手下可以带路了。

那些小孩一个个像是青蛙一样在村庄的草屋下方穿梭，三个人小心翼翼地紧跟在身后。在离开村庄之后过了没多久，他们便来到了港口。

这里停靠着不少双桅和三桅的船只，而几个人就躲在船只的阴影下，看着山上工厂的窑炉冒着黑烟。卡里港口灯火通明。

孩子们仔细观察了船只：对于那些比较重的船只，他们会用胶带在船身固定带来的加里比炸药，并将灯管插入其中作为引爆器，然后将电线引向小孩已经在水面上固定好的浮标处，与别的船只上引出的电线相连。

不到几个小时的工夫，安装在十来艘船只上的炸药引线已经在整个港口的水面上形成了一张网。

在这个过程中，他们一共停下了两次——一次是有一艘船只抵达了港口，而另一次则是一位守卫盯着水面看了一阵子。

幸运的是这两次他们都没有被发现。

三个小时过去了，大部分工作已经完成，只差港口另一侧的几艘船只没安装炸药，而其中就有黑色海妖号。

于是他们决定分头行动，穆雷和那个与他合作的小孩游去港口的另一侧，两人躲在阴暗处。黑色海妖号轻轻地在他们的头上晃动着，穆雷不敢直视船首那个恐怖的雕像，他取出一个特制的加里比炸药（加里比教授做了一些不需要通过灯管引爆，而可以直接用电池引燃的炸药），用嘴撕下了几段胶带，将炸药贴到了船体上，就在工作快要完成的时候，

船上传来了一阵骚动，紧接着船锚的链条开始抖动起来，似乎港口发生了什么重要的事情。

"他们准备离开了……"穆雷加快了手上的工作，他可不想在这个地方让这艘船给压死。

和他一起过来的那个小孩似乎也察觉到了情况，朝穆雷轻轻吹了声口哨，不过他并没有离开，而是抓紧时间又扯下几段胶带，将用来引爆的电池也贴到了船上。

就在他准备离开的时候，穆雷抬起头正好看见了戴着锁链的瑞克被一个身穿红色制服的卫兵押上了黑色海妖号。

穆雷迟疑了几秒钟，看了一眼自己刚刚安装上去的炸药。

"不行。"他低声说了一句。

他可不能把瑞克和黑色海妖号一起炸上天。于是穆雷再次游到船舷的炸药边上，而这次，与他同行的那个小孩没有跟来，而是找了一个隐蔽处躲了起来，只剩下半个脑袋探出水面。

"该死……"穆雷一边行动，一边嘀咕着。

他扯下了炸药，然后回到了同伴的身边。

"我们得赶紧回去。"穆雷说。

随着链条绷紧，黑色海妖号的船锚缓缓离开了水面。

穆雷看了一眼船只和那些沉默的士兵，他们打算把瑞克带去哪里呢？

这时港口突然响起了一声号声，紧接着是第二声，穆雷的心都快要跳出来了，他四下张望，寻找着自己的伙伴，以为有人被发现了。

不过他身边的那个小孩冲着他指了指另一侧，只见港口的入海口处出现了一艘金属船只，船身后有螺旋桨激发出的高高的水花。

"该死！"穆雷一下子就认出了这艘船。

是海德夫人来了。

　　"赶紧回去，快！"穆雷对身边的小孩说道，"赶紧回去，告诉教授让他马上引爆炸药！马上！"

　　他们必须赶在海德夫人的船只到港之前，以及黑色海妖号离岗之前引爆炸药，不然如果船只的螺旋桨割断了电线，那么一切工作都将前功尽弃。

　　穆雷也顾不上身边的小男孩是否听懂了他的话，他全力游向港口那尊卡里神的雕像。

第二十七章

穆雷之风

在港口停靠需要高超的驾船技巧，
特别是当它着火的时候。

海德夫人站在甲板上，看着港口慢慢出现在了视野里，从那些灰色士兵见到黑暗岛的轮廓开始，她就来到了甲板上，到现在已经有一个多小时了。为了从里昂尼斯尽快赶到这里（两者之间的航行时间一般需要三十八个小时），他们日夜兼程。

"这座岛似乎看上去有些阴暗啊。"当海德夫人见到了入海口矗立着的那座卡里神雕像时自言自语道，"难道说印地会里的那些传言都不是真的？"在此之前，她从来都没有见过塔普班纳岛的样子，不过她听说在印地会控制这座岛并在上面设立了海关和工厂之前，这里并不是一座黑暗之港。

据说这里原来气候宜人，岛上的热带雨林中生活着许多神奇的动物，而且在城市里原本有着一幢研究学院，聚集着来自世界各地的精英，不过现在城市已经荒废了。

到底发生了什么事？是因为有强盗来到了岛上吗，还是因为他们把强盗带了过去？

想到那些半裸上身的男人居然愿意为了一个长着四条手臂的神像而牺牲自己的生命，海德夫人不禁有些无语。船只越来越靠近港口，她享受着最后这一段安静的时光。天空已经开始有些泛白了，星光逐渐黯淡下来，此时她可以听见岛上的人声。

从甲板的位置看过去，海德夫人能够看到几艘渔船、汽艇以及印地会的船只停泊在港口，包括一艘巨大的快艇和十来艘双桅帆船，帆船上的桅杆都是用竹子做成的。

在进入港口之后，她见到黑色海妖号正在启航准备离开，而另一边，有人手里拿着一根火炬站在码头上不停地挥舞着。

一支卫兵队伍正沿着码头向那个人跑去，与此同时，原本应该引导自己这艘船的快艇也点亮了船上的探照灯。

　　海德夫人听见码头上响起了急促的警报声，她有些疑惑地抓住栏杆。黑色海妖号怎么会在这个时间离开？为什么没人来迎接她？而且，那个手里挥舞着火炬的身影为什么看上去那么眼熟？会不会是她在伊苏城蓝色之海绘图师家里遇到的那个孩子？

　　这怎么可能？

　　所有的一切如同一场闹剧一样在发生。黑色海妖号、警报、火炬。

　　"是穆雷……"

　　是他，真的是他！

　　正在海德夫人感到诧异的时候，她身边的所有船只突然都着火了。

　　第一艘船、第二艘船……伴随着一声声巨响，海德夫人感受到了一阵扑面而来的热浪，震耳欲聋的爆炸声令她的脑袋嗡嗡作响，至少有十来艘船先后燃烧了起来，从船身一直到桅杆。

　　黑色海妖号立刻来了个急转弯，而海德号为了避免碰撞也不得不照做。说时迟，那时快，伴随着一阵木板断裂和金属碰撞的声音，她所乘坐的船已经撞到了码头并开始倾斜。

　　海德夫人还没来得及喊出声来，便被甩出了甲板，掉进了水里。

　　下沉的过程仿佛是一个无尽的轮回，海德夫人仿佛一下子看见了夜空中所有的星星，在某一瞬间，她的回忆如同电影一样开始回放。

　　海水直接灌进了她的嘴里，温热而苦涩。

　　她感觉自己肺里的空气越来越少，而海面上仍然燃烧着熊熊的火焰，船帆点燃桅杆，一根接着一根。

　　她缓缓张开双手，如同翱翔在火海之中。

　　正在这时，她的耳边突然传来了一阵嘈杂的声音，海德号的螺旋桨已经离开了水面，在空中旋转着，船首撞在码头上，船上的人一个个全

部跌进了水里，就掉在她的四周……

海德夫人挥动了几下双手，想要看清楚到底发生了什么。

那些水手早已经自顾自地弃船逃命了，如同一件件货物一样跳下水。

海德夫人想要张嘴呼救，海水却倒灌进了嘴里，她想要让自己保持在水面上呼吸，但身上的那件紫色长袍却成了累赘，于是她简单粗暴地扯开外套并将其丢弃，这才感觉轻松了一些。

此时的水面上仍然残留着星星点点的火焰，不过幸好离她不是很近。

这时，有人朝她所在的地方游了过来，慌乱之间，海德夫人看不清对方的长相，只觉得两条细细的胳膊托住了她的腰，帮助她离开了水面。

这个人……

难道是……

海德夫人来不及细想，只能顺着对方的动作一起用力，在挣扎了一番之后，两个人终于得以探出有些黏糊糊的海面。

空气在此时此刻显得比黄金更加珍贵，海德夫人双眼紧闭，咳嗽了一阵，她的双手抓住了一团乱蓬蓬的头发，然后摸到了坚实的阶梯。在对方的帮助之下，她踉跄着登上了阶梯，也顾不上擦破的膝盖，终于脱离了海面。当她睁开双眼，几声爆炸声划破了夜空。

火势引燃了船只的武器舱，引发了船舱爆炸，木头甲板发出噼里啪啦的可怕声响。

站在她面前的是一个男孩。

在火光的照耀下，只有一个消瘦的身影。

海德夫人的心怦怦直跳。

"你是谁？"她咳嗽着问道。

"我是穆雷。"那个黑影在她身前蹲了下来回答道，说完穆雷准备跳

水离开。

　　"等等！"海德夫人叫住了她，"为什么？为什么要这样做？你是一个人吗？"她问道。

　　"没有人是没有同伴的！"说完这句，穆雷的身影消失在了水里。

　　"没有人是没有同伴的……"海德夫人不假思索地重复了一遍。

　　没有人。

　　"不！"海德夫人似乎突然想起了什么，看着自己的那艘船喊道，"这不可能！"

　　印地会的舰队陷入了一片火海之中。

　　然而在这场大火中，她却感受到了前所未有的寒意……

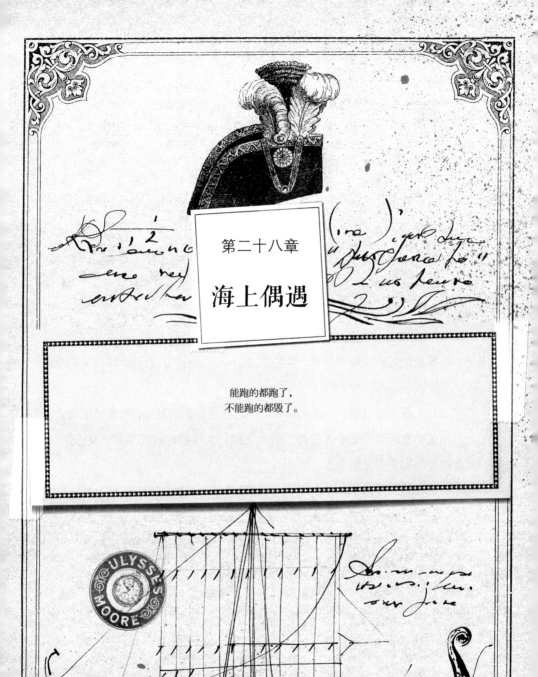

第二十八章

海上偶遇

能跑的都跑了，
不能跑的都毁了。

康纳放下了手中的望远镜，大声喊道："有陆地！"

他在地平线上先是看见了一点白色，然后那些白色迅速变成了一团火光。

"右转！在那里！"他对掌舵的迪斯科·特鲁普喊道。

他驾驶了整晚的船，直到最后他感觉自己的双手不听使唤了才将方向舵交给迪斯科。

"我们在前面给内梅西斯号指路！向右转！"康纳对着甲板喊了一声。

接着他来到船尾，点亮了手中的一盏灯，然后熄灭。没过多久，另一艘船上发回了同样的信号表示确认。

"他们跟上了！"康纳喊道。

墨提斯号船身微微一斜，向右转去。

几人在发现穆雷、米娜和肖恩离开之后便立刻出发了，更准确地说，他们是在意识到那三个人打开了时光之门，并将钥匙留在了阿尔戈山庄之后才做出了出发的决定。

阁楼上打开的书本。

加里比教授留下的线索。

所有的一切都指向塔普班纳岛，这是一座已经被人遗忘了的岛屿，就连蓝色之海绘图师都不知道去那里的航线。

而他们手中所有的东西就只有一面画着模糊地图的海洋之镜。

从一开始只知道一个大概的方位，

到后来跟随着海洋的水流，

跟随着鱼群，

跟随着鲸鱼，

然后是右转……

这一切都是墨提斯号的意志。

人们分坐在两艘船上，五个人乘坐墨提斯号，剩下的人乘坐内梅西斯号。当墨提斯号的行驶速度太快时，为了不打断它，船员们会在身后留下浮标来标记航线。

在离开基穆尔科夫二十个小时之后，他们在蓝色之海上见到了一艘正向东方全速前进的机械铁皮船，而这个地方并不属于任何一条已知的航线——至少对于基穆尔科夫的反抗军来说是这样的。

而这艘铁皮船就是海德夫人的船只。

于是两艘船就决定跟在海德号的后面。

在经过了另外十二个小时之后，他们失去了海德号的踪迹，四周的海水从蓝色变成了深蓝色，又从深蓝色变成了黑色，船员们在商量之后决定继续保持航行的方向，尽管他们遇到了逆向的洋流。

也许这些洋流希望将他们引向附近的港口。

也许那里更安全……

康纳注意到了一个非常奇怪的点，就是即便他们一直这样向印地会控制的隐藏基地前进，也没有遇到任何阻碍或监视他们的船只。

仿佛印地会觉得这个基地根本就不会被别人发现一样。然而，墨提斯号还是凭借着自己的嗅觉找到了这座岛，逆流而上，而且还带着内梅西斯号一起。

当康纳再次连续驾驶了十二个小时之后，天空已经开始微微泛白，一座岛屿的影子出现在了地平线上，他站在船头穆雷最喜欢的那个位置上，脸上露出了微笑。

看来他们马上就要抵达目的地了，一切都已经准备就绪。

正在这时，迪斯科·特鲁普突然大喊起来。

黑色海妖号出现在了墨提斯号的左边。

第二十九章

卡里港大火

随地小便虽然不雅,
但是在特定的情况下确实很爽。

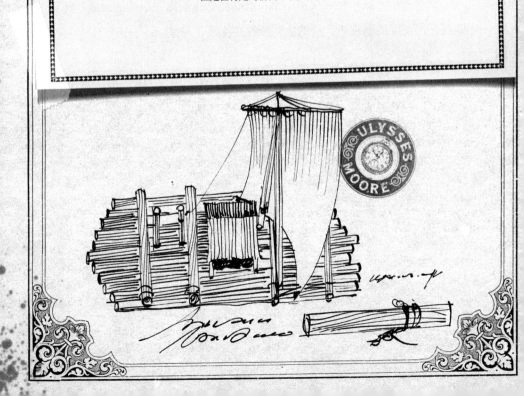

港口的大火很快就蔓延到了村庄里，有可能是有一艘船着火之后顺着河流引燃了村庄里的一幢草屋，也有可能是朗·约翰·希尔弗家里的炉子被打翻了，还有可能是村庄里的某处发生了爆炸而引起的。

不管是哪一种原因，肖恩可不在乎这些，他所关心的事情只有一件，那就是尽快找到穆雷，然后所有人一起逃进丛林里去。

村庄里早已乱作一团，河面上的草屋一幢接着一幢倒塌，河里的船只一股脑儿地都要逃离村子，一股股黑烟冲向天空，人群中传来接连不断地的哭喊声。

"穆雷！"肖恩在街道上边跑边喊，"穆雷！"

一阵警报声响起，划破夜空，紧接着又是一阵警报声，这些声音将整个村庄推向躁动，肖恩加快了脚下的步伐。

他跨过了一座已经着火的小桥，就在他脚跟刚离开小桥的时候，伴随着一声清脆的断裂声，桥的主体断裂并掉进了河里。

"穆雷！"

一声枪响从远处传来，接着一团白光向着天空缓缓升起，最后炸开，无数火球向着四面八方散开，照亮了每一个角落。

一片混乱。

火焰吞噬着船只和房子，对比之下，热带丛林里仍然一片漆黑，高大的竹子如同一道无形的墙壁，将这边的世界隔离开来。

山顶上的工厂里仍然灯火通明。燃烧着的船帆掉进了水里，火焰却没有立刻熄灭，仿佛河里流淌着的不是水而是石油。几百位村民四下逃散，带着所有他们能够拿上的东西。印地会的士兵努力维持着秩序，那些身穿红色制服的守卫不停地向空中射出白色信号弹。

这到底是怎么回事？

在大火蔓延开之前，有一艘黑色帆船迅速离开了港口，那上面是谁？是有人通风报信了吗？会是谁呢？

肖恩冷笑了一声，顺便帮助一位老者登上了小船，对于造成的混乱，他从心底感到万分歉意。

"穆雷！"肖恩继续向前边跑边喊。

不过他的声音很快被人群嘈杂的声音给淹没了。

在百来艘驶向大海的船只中，有一艘不太起眼的小船混在里面，船体内已经积了不少水，看上去随时会翻船。在船的四周，有十几个小孩子在游泳，只要他们见到看上去比较值钱的东西，就会直接捡起来扔到船上。

"够了！不要再拿了！快停下！该死，快停下！"米娜对他们喊道。

米娜努力尝试着控制住小船的方向，不过事实上小船仍然在顺着水流前进，而她也只能祈祷自己能够尽快摆脱这种无助的局面。

加里比教授坐在小船的中间一动不动，冷冷地看着港口的船只在火海中四分五裂，仿佛在享受着自己复仇的快感。

他们不知道该去什么地方，朗·约翰的房子莫名其妙地着火了，而且海盗本人也不知道去了什么地方，与此同时，同伴们在港口都走散了，穆雷也没有回来，他们还需要尽快找到他。

肖恩走陆路寻找，米娜和海盗的小孩们走水路寻找。

在小船经过了一个水流中的漩涡之后，米娜突然大声喊起来："你们快看！"只见在一座小桥上，一个灵活的身影正在飞奔着。"穆雷！"她大声喊道，"穆雷！我们在这里！"

那个身影听见了她的喊声，停下了脚步，望向小船所在的方向，然后跳下水，向着这边游来。

河流之上烟雾弥漫，不时会有一些依旧燃烧着的木板漂过小船边。

"我们得赶紧离开这里！"穆雷一边抓住小船的船沿，一边说道，海盗手下的那些孩子正在兴奋地叫喊着向他游来。穆雷被烟熏得两眼通红，脸上黑乎乎的，身上到处都是伤痕，不过他感到此刻比以往任何时候都更精力充沛。

"不是这边！"他喊道，"我们得去另一边，沿着河流回到废弃的城市那里！"

"你说得倒是轻巧，小克拉克先生。"加里比教授冷静地说道，"这艘船没有发动机，根本没法逆流而上。"

穆雷苦笑了一下。"所以你们是特意来找我的吗？"他爬上了船，翻了个身，抓住米娜问道，"肖恩呢？"

当其他人向他解释完发生的事情之后，穆雷爆了一句粗口。

"你让我想起了我小的时候。"加里比教授说了一句，"只不过我每次在学校里爆粗口的时候都会……"

这时，一声巨响伴随着冲击波差点震翻整艘小船，只见一艘钢铁战舰从桅杆到甲板已经完全被大火包围住，卡在码头无法动弹了。恐怖的卡里守护神像冷冷地看着这一切，岸上的卫兵大喊大叫着试图维持秩序，而那些灰色的士兵则像机器人一样前赴后继地跳进水里。

"千万不要惹老实人生气，孩子……"加里比教授如同一位哲人一样说了一句，同时他们所乘坐的小船正好从两艘已经倾斜了的大船中间穿过。

"朗·约翰在哪里呢？"穆雷有些焦急地问了一句。

没有人回答他。

肖恩站在河堤的高处，仔细观察着每一艘经过的船只，寻找着小伙

伴的身影。

没有。

没有。

士兵。

守卫。

矿工……以及他们受到惊吓的家人。

他握紧双拳，有些后悔他们一行人所造成的这一片混乱，他现在最担心的就是穆雷不要发生什么意外。

正在此时，他见到了远处水中朗·约翰·希尔弗的那艘小船，四周围着海盗手下的那些小孩子。

"嗨！"他大声喊道。

他数了数船上一共有三人：米娜、教授，还有……穆雷！他们找到穆雷了！

"太棒了！"肖恩握紧拳头，自言自语说了一句，他观察了一下自己和小船的位置，想寻找一条最合理的路径。

肖恩又看了一眼处在下风口的工厂方位。很快你们的工厂就会被付之一炬了！

肖恩心里想着，拉开了裤子的拉链，对着大火的方向撒了一泡尿。虽然他自己也不清楚为什么要这样做，不过撒完尿之后他的心里感觉舒坦了不少。

当他再次转过身来时，简直不敢相信自己的眼睛。

在穿过火光的港口之外，一艘小船的影子出现在了海上。

肖恩揉了揉眼睛，然后拉上了裤子的拉链。

他深吸一口气，随后用他最大的声音喊了起来："是墨提斯号！是墨提斯号！墨提斯号也来了！"

第三十章

海上淑女

当坏小孩见到熟人的时候，
往往会羞愧地扭头就走。

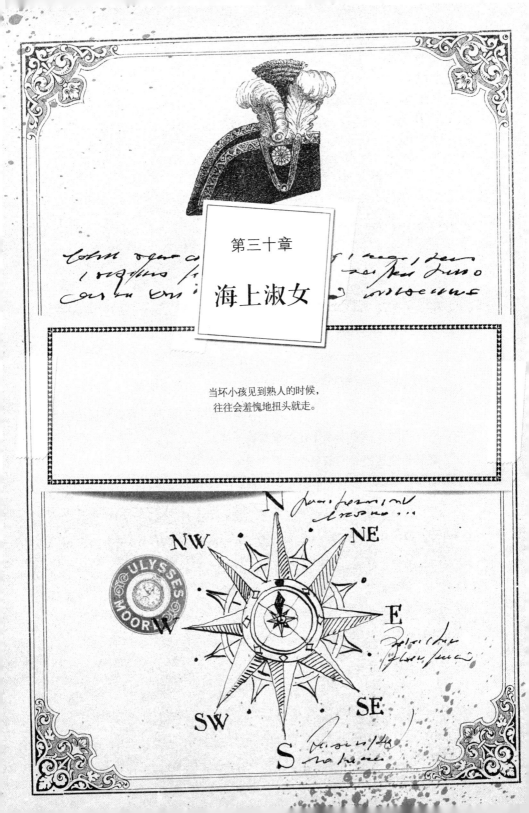

胸闷到快要透不过气来了。

拉里·哈斯利看着渐渐远去的火光，看着自己舰队的船只一艘艘地沉没。

他只觉得自己胸闷到快要透不过气来了。

"你也看见了是吗，韦斯克斯？"他问道，"你也看见了是吗，韦斯克斯？这不是我的眼睛花了？"

当然，他手中的那只兔子并没有回答他。

在信号弹的白色光芒之下，火光正在吞噬着一切东西，港口的船只东倒西歪，红色制服的卫兵不停地指挥着人群，不过似乎没有人理睬他们。所见之处到处都是火焰，火焰，还是火焰……

一艘巡逻艇的桅杆倒了下来，顿时四分五裂。

"它是来……接我的吗？"拉里站在窗前，自言自语道。

他想起了之前的某个场景：他站在自己卧室的窗前，看着海面上的墨提斯号，而那艘船也像是在等候着他一样。

这艘船在这段时间躲到哪里去了呢？

而且，为什么它会在此时再次出现呢？

拉里想起了第一次见到墨提斯号并登上甲板时的情景，对于他来说没有什么事情比这更糟糕的了。是墨提斯号将他从家里带了出来，并到了基穆尔科夫，然后他认识了尤利西斯·摩尔。

"哦，是呀，之前还发生过这件事情啊……"拉里·哈斯利一边回忆一边说道。他沉浸在了自己的回忆之中。

自那以来已经过了多久了？

几年？还是几个世纪？

或者只是几天？

不过现在这些都已经不重要了，印地会的军队正在火海之中，而墨

提斯号却突然出现在了自己的眼前。

这不会只是一个简单的巧合，一定不是。

这个世界上根本就不存在简单的巧合。

"难道是尤利西斯……来了？"拉里·哈斯利自言自语道。

虚幻印地会的首领有些茫然地看着外面。海德夫人的船只已经陷入了港口的火海之中，也许她本人正在赶往工厂的路上，而那里的卫兵应该已经转告她自己的决定了；黑色海妖号上现在有一位特殊的囚犯，所有人都在等着他的命令；还有印地会神秘的水上地图……但在他见到了墨提斯号之后，所有这一切都得靠边站了。

"难道都是它干的？"他疑惑地看着韦斯克斯问道，"你知道我说的不是尤利西斯，也不是穆雷……"他指了指海面，"难道这一切都是那艘船干的？"

挖掘泽祖拉城的工作失败了，伯林翰大概也陷入了麻烦，印地会的秘密港口被人发现，自己的军队陷入了火海，苏约达纳已经受到了应有的惩罚。

当这些事情全都发生之后……

冷冰冰的西塔琴声在热带雨林中响了起来。

"反叛军……"拉里·哈斯利嘀咕着，似乎是想起了一件有意思的事情，"当这些事情全部发生之后，就差这个了……"

墨提斯号来到了港口之外，仿佛在邀请他过去一样。

"哦，不用了，不要再引诱我了。"拉里·哈斯利说道，"你知道吗，韦斯克斯？我觉得这次它不是来接我的。"拉里盯着布偶兔子的红色肚子看着，"所以我到底是谁呢？我是印地会首领拉里·哈斯利，还是一个恶魔、撒旦，又或者只是一个单纯的孩子？"

韦斯克斯默默地倾听着，一言不发。

　　"我知道了……"拉里·哈斯利深吸了一口气，举起双手，握紧拳头，然后张开手心放下。窗外开始下起了小雨，他关上窗户，拉紧窗帘，此时室内一片漆黑，他将韦斯克斯夹在腋下，来到了窗边，将其放进了被窝里。"现在最需要的就是美美地睡上一觉，韦斯克斯。如果我能够睡一个好觉的话，明天一切都会变好的。"

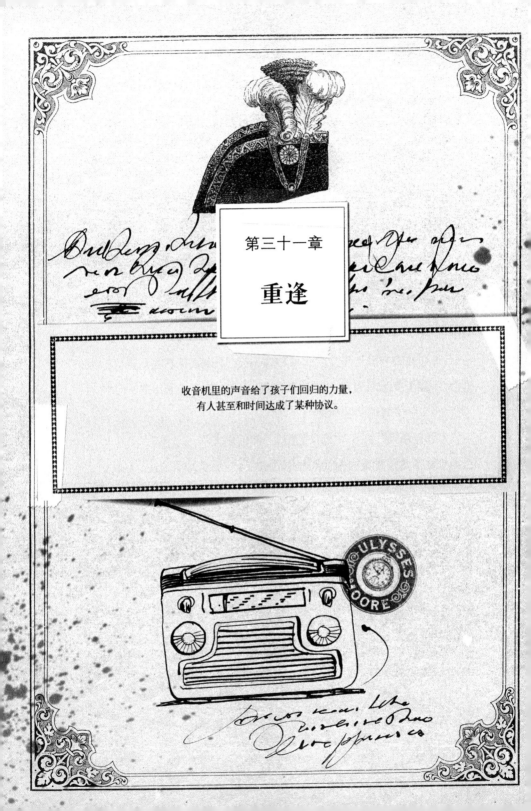

第三十一章

重逢

收音机里的声音给了孩子们回归的力量，
有人甚至和时间达成了某种协议。

肖 恩醒来的时候已经是晚上了。

内梅西斯号迎着风在海上飞快地行驶着。

在他睡着的时候有人为他盖上了被子，他睁开了眼睛，回想着此前到底发生了些什么。

对了，墨提斯号，墨提斯号出现在了黑暗岛的港口，康纳就站在船首，天晓得他是怎么找到他们的，而且他还带来了其他人。

肖恩、米娜、穆雷和加里比教授冒着雨登上了甲板，相互拥抱，开始讲述发生的事情。

事实上，在那种场合、那么匆忙的情况下，根本不可能把所有事情都说清楚。

康纳看着卡里港矗立的那尊雕像、工厂，以及正在被雨浇灭的大火，他的耳朵里充斥着各种各样的警报声以及热带雨林里传来的动物叫声，最后他下令掉转船头驶向外海。

"黑色海妖号……"穆雷问道，"你们刚才看见了吗？"

"埃齐奥驾驶着内梅西斯号跟过去了。"船长回答说。

内梅西斯号……是呀。

一行人迎着突如其来的大雨，渐渐远离了刚刚被大火洗礼的黑暗岛。

孩子们的心中都充满了疑惑、困扰和一些说不清楚的情感。

"我们一定还会再次回到这座岛的。"康纳目送着黑暗岛的影子消失在远方，说道。

由于大雨的关系，他金色的头发垂在脸上，遮挡住了双眼，再加上他说话时的那种语气，让人感到他仿佛就是古时候一位真正的勇士，随时准备着上场杀敌。

当离开了陆地一段距离之后，一行人再次见到了内梅西斯号和上面的船员。由于黑色海妖号的速度实在太快，最终他们放弃了跟踪。

"那我们现在去哪里？"穆雷问道。

是呀，去哪里呢？

肖恩在甲板上来回踱着步，他感到自己浑身上下的每一根骨头都在发出声音，而他的手上也在不知不觉间出现了爸爸的那台"不死"的收音机。

肖恩微微一笑，他也不清楚这台收音机到底是如何一路上跟着他的：穿越热带雨林，在地底通道探险，遇到危险密布的河流，途中还更换了衣服，直到最后经历了港口的那场大火。

不管怎么说，他父亲取的这个名字看来是非常贴切的。

他随意转动了一下旋钮，收音机仍然可以工作，虽然在蓝色之海上没有任何能够收得到的电台，不过肖恩仍然尝试着从旋钮的一个尽头转到另一个尽头。

而正当他准备关上收音机的时候，一个模糊且低沉的声音从里面传了出来。

肖恩一下子清醒了过来，他将音量调到了最大。

"……这里是基穆尔科夫反抗军电台……敬告所有的收听者……这里是基穆尔科夫反抗军电台……我们这座自由的小镇正在进行广播……"

"是泊涅罗珀！"肖恩立刻听出了这个声音，"是阿尔戈山庄泊涅罗珀的声音！埃齐奥！教授！加里比教授！"

肖恩艰难地站直身体，想要喊醒躺在甲板另一侧的加里比教授。

"发生什么事了，孩子？"教授从一件宽大的长袍里钻出来问道。

"快听！是摩尔女士的声音，从基穆尔科夫传来的！"

加里比教授背靠着船的侧舷，坐起身来，吃惊地接过了收音机。"这真是一个有意思的消息！"当他听见收音机里传来的声音时说道，"原来这台收音机在这里也能用啊！"

"是的！"肖恩回答说。

两个人对视了一下。

如果收音机在这里也能够工作的话……

那么就可以考虑在所有的港口，所有的反抗军家里都放上一台，然后……

"埃齐奥！"加里比教授大声喊道。

内梅西斯号的船长快步走过来，同时其他水手以及朗·约翰手下的那些小孩子也都围了上来。

"我们得想办法把这件事告诉所有人……"当埃齐奥通过收音机听见了泊涅罗珀的声音之后说道，"让他们都来听听。"

"我们会告诉他们的，小伙子，我们一回到家就会把这件事情告诉他们的。"教授的双眼发着光芒，仿佛是迫不及待地想要拆开这台收音机。

回家。

肖恩看着四周的大海和船上的船员，心里想着。他的父亲在阿尔戈山庄里也许已经醒了，也许还在睡觉，不管是哪种情况，至少就目前来说，那里也可以算自己的新家了。

那其他人呢？康纳、米娜和穆雷……

他没有再想下去。

"也许我们可以寄一张明信片给他们……"他想到了基穆尔科夫的邮局。

"或者给他们发一段广播。"加里比教授微笑着说道。

海上的雾开始越来越浓，康纳示意穆雷让自己来驾驶。

墨提斯号在蓝色之海上向着基穆尔科夫的方向劈波斩浪地前进。

　　在经历了那么多事情之后，大家对于时间的概念已经有些模糊了。按照康纳的计算，从他在河上找到正在钓鱼的肖恩父子算起已经过去了四天，而四天的时间也意味着在他们的城市里，大家都在找他们。

　　而如果他们想要回家的话就只有一个希望：墨提斯号。

　　按照摩尔女士的说法，那艘船拥有改变时间的能力……

　　能够加速或延缓时间的流逝。

　　"能否改变时间其实完全取决于驾驶者的思想，康纳。"摩尔女士如此说道，"对于所有的人来说，时间是最公平的一把尺。如果你们真的希望时间过得慢一些的话，你们可以直接问它，或许它真的能够做到。"

　　"但是这种要求并不是完全无害的。"紧接着摩尔女士将他拉到一边，让穆雷和米娜都听不清两人的对话，"如果你们希望改变时间，那么时间也会让你们付出相应的代价，当然我不知道这种代价会发生在什么时候，或是通过何种方式，但它一定是会有的。"

　　所以这只是一件他自己的事情，他需要去向时间索取，让墨提斯号能够更快或者更慢地穿梭在不同的虚幻之港之间。

　　"所以付出代价的人将会是我吗？"他问摩尔女士道。

　　"如果你是墨提斯号的驾驶者，那就是的。"摩尔女士确认道。

　　康纳听到这个答案之后笑了笑。

　　"如果是这样的话，那就没有什么可怕的了。"他如是回答道，"时间亏欠了我许多，它应该将我的童年、我的家庭都还给我，就像别的孩子一样。"摩尔女士只是静静地听着，一言不发。"所以我想如果是我的话，一定能和它好好商量一下关于代价的问题。"康纳最后说道。

　　于是……

　　康纳在迷雾中驾驶着墨提斯号，就和上次一行人前往基穆尔科夫的

时候一样，唯一不同的是现在他很清楚等待他们的将会是什么。

他让穆雷和米娜坐稳，并捂住双耳，与此同时，浓雾之中出现了若隐若现的呼唤声："康纳……康纳……"他深吸了一口气，大笑了起来。

在上次他们穿越迷雾圈的时候，他在某一个时刻仿佛听见了自己父亲和母亲的声音，但是这一次不同，耳边回响的都是一些陌生的声音，这些声音不停地骚扰着他，似乎有意想要引导他，让他认为是父母在呼唤自己。这是一个令人唏嘘不已的事实，康纳其实从来都没有听到过自己父母的声音，而在经过了那么久之后，他终于能够独自面对这个事实，不再因为自己从小被抛弃而感到自卑。

不！年轻的船长迎着海浪在迷雾中前进，他心中的信念十分坚定：这并不是自己的错。

"这不是我的错！"他大声喊道。

说完之后他大笑了起来，这也许是他第一次感觉到，他是孤儿也不是什么了不起的事。

"我就是康纳！"他自言自语道，"这就是我的名字！是我的父母给我取的名字！你们别想来迷惑我！"

迷雾之中出现了其他的声音，来自多年之前康纳在孤儿院里的回忆。康纳心里一紧，感到自己的脸上滑下了两行眼泪。

但是他并没有放弃。

"我要回家！我要把伙伴们带回家！越快越好！"

自从他们遇见了墨提斯号并找到了基穆尔科夫之后，康纳就感受到了一种温暖，也许他可以把这里当作自己的新家，他可以在这里过上崭新的生活。他不想放弃这样的一次机会。

他想要过上新的生活。

康纳的意识开始变得有些模糊，身体摇摇晃晃的，迷雾之中的各种

222

声音越来越响，越来越响……正在这时，他似乎见到两个身影向他走来，同时伸出手来帮助他掌舵。

难道是爸爸和妈妈？康奈的潜意识中冒出来一个奇怪的念头。

他没有反抗，而是任由这两个身影帮助他驶离迷雾，驶离那些奇怪的声音。

时空开始变得有些混沌。

当墨提斯号再次从另一侧破茧而出的时候，康纳见到一轮红日正在西下。

他颤抖着靠在方向舵上，疲惫不堪，但是心中却感到无比充实，仿佛从另一个世界重新回来了一样。

迷雾之外的这一侧仍然是星期六。

所以他和时间之间达成了某种默契！

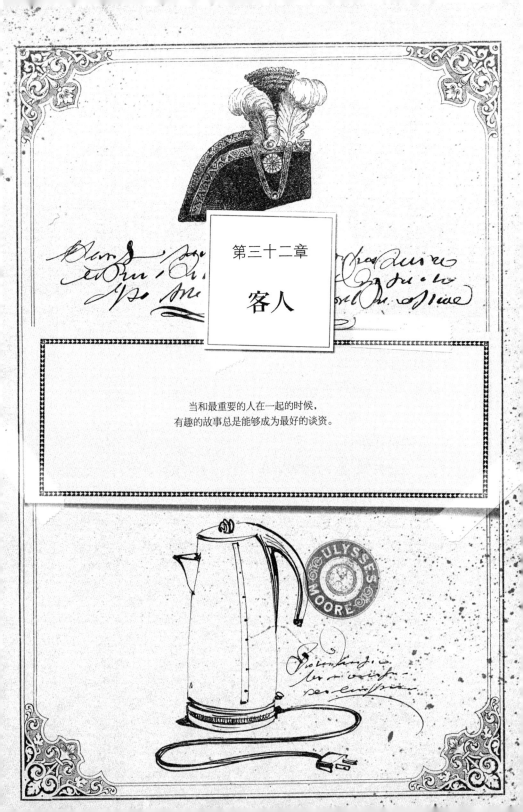

第三十二章

客人

当和最重要的人在一起的时候，
有趣的故事总是能够成为最好的谈资。

克拉克女士突然醒了过来，她这才意识到自己连衣服都没脱就睡着了。

窗外一片漆黑，她躺在以前她丈夫睡觉的那一侧。

"现在几点了？"她自言自语道，仿佛感受到了一种别样的不安。

她看了一眼床头柜上的那台老式闹钟，十二点刚过。

"穆雷呢？"

穆雷之前告诉过她会和康纳一起到船上去，恐怕来不及在晚餐之前赶回家。

那为什么还要担心呢？他已经提前打过招呼了。

尽管如此，她仍然有些不安，她等了很久，直到困意再次袭来，连衣服都没来得及更换便睡了过去。

她一只手搭在了丈夫的枕头上，尝试着回忆起来……穆雷没有回来吃饭，那么她在等候的这段时间里做了些什么呢？

一直坐着看书吗？

她想起来了，她一直都坐在楼下看书，就在面对着院子的那张蓝色单人椅上。那是一本玛格雷特·亚特伍德的小说，冗长且有些无聊。

在她读了一会儿之后，便上楼整理了一下穆雷的床铺（穆雷不在的时候她经常会偷偷这样做），之后她便回到了自己的卧室，准备睡觉，再然后她就什么都不记得了。

她从床上站起身来，穿上了鞋子，有些摇摇晃晃地走出了房间。

楼下的灯依然亮着。

"穆雷？"她站在楼梯口喊道。

这幢又窄又高的房子是她和帕迪一起买下的，两个人一眼便相中了它，随后帕迪负责完成内部的装修，而她则负责将两个人的卧室里漆成了红色……总而言之，这个家是她和丈夫共同的心血。尽管如此，每当

她经过上下楼的楼梯时，总会有一种奇怪的感觉。

她踮着脚尖慢慢下楼，木头楼梯发出了吱呀吱呀的响声。楼下的灯光来自厨房，她还听见了烧水壶的声音。

"你回来啦？"她问道。只见穆雷手中拿着一块涂满了黄油的面包从厨房里走了出来。这一刻，她心头的一块石头终于落地了，感到无比的轻松。

穆雷朝着她微微一笑，双眼放着光芒，就跟一个两岁的孩子一样。

这双眼睛令她感到任何付出都是值得的。

"我都没有听见你回来，"克拉克女士打了个哈欠，说道，"一切都顺利吗？"

"当然！"穆雷回答说，"就是突然感觉肚子饿了。"

克拉克女士皱了皱鼻子，她看了一眼洗碗池，然后是垃圾桶，最后是自己的儿子。

"我的天哪，穆雷！这股臭味是从你的身上散发出来的吗？"

"大概吧。"穆雷回答道，然后往嘴里塞了一块面包。

"你该不会想就这样去睡觉吧？你今天到底干了些什么？"

"即使我告诉你的话你也不会相信的。"

克拉克女士拿了一把椅子坐了下来说道："也许你可以试一下，面包还有吗？我也想来一块。"

"我们放火烧了黑暗岛上的一支军队！"穆雷一边说着，一边切了一片面包，"你要黄油吗？"

克拉克女士想了想之后回答说："要，少一点。"

穆雷坐在了面向着院子的窗户边，身上穿着一件母亲从未见过的衣服。她甚至都不记得曾经买过这样一件衣服，难道说自己困得连记忆力都下降了？

"我想你说得是对的。"她笑着吸了口气，说道，"这件事有些令人难以相信。"

穆雷无奈地耸了耸肩。

"不过这有什么关系吗？"

穆雷对妈妈笑了笑说："有一点吧，你是要黄桃味的果酱还是草莓味的？"

她看了一眼那片面包，"还是黄桃味的吧。"她回答道，"那么，既然你刚才提到了军队……你们为什么要放火烧掉它呢？"

"哦，我们也是不得已而为之的，"穆雷回答说，"那伙人掳走了加里比教授。"

"是那个自己在家里做了一套模型赛道的教授？"

"是的，不但掳走了他，还掳走了瑞克。你应该还不认识瑞克，不过我楼上应该有一本书，书里就提到了他。"

"一本书？"

"是的，是尤利西斯·摩尔写的。"穆雷继续说道，"但是我们现在还不知道他人在哪里，而且那位蓝色之海绘图师也说过……"

克拉克女士将面包放在了茶杯的边上，耐心地听儿子讲述着他的冒险故事，看着他兴致勃勃地用靠垫作为盾牌，把椅子当作战船，双手不停地比画着。

穆雷说得没错。

尝试着相信他的话，真的能够打开一个新世界。

米娜轻轻地关上了大门，努力让自己不要弄出任何声响。

她听着家里的动静，确定没有人被自己吵醒。她的父母完全没有意识到她回家了。

米娜踮起脚尖来到了浴室，脱下了衣服，简单冲了个澡，然后开始照镜子：镜子中的自己看上去一点都不疲惫，虽然身上伤痕累累，不过双眼却闪着亮光。

她夹着衣服，蹑手蹑脚地来到了洗衣机的边上，将它们扔了进去，她盼望着第二天没人会注意到她的衣服到底有多脏，随后在热水器边上，她找到了晾在那里的睡衣。

"谢谢奶奶。"米娜自言自语道。通常都是奶奶在家里负责洗晒衣物。

她穿上了仍然有些热乎乎的睡衣，感受着面料的温暖。相比于黑色丛林，这里的气温低了不少。

米娜来到楼上，所有人的卧室都在这一层，米娜的房间是最小的那个，比一个杂物间大不了多少。不过她毫不介意，因为这里完全是她自己的世界，即便是她的几个哥哥，如果没有她的允许也不能进去。

她在父母的卧室门口停下了脚步，房间的门打开着，她的父亲只有在完全黑暗的环境之下才能够睡着，所以他一定是因为妈妈的坚持才同意开着门睡觉的，也许他们希望能够在第一时间听见自己回家。米娜现在还太小，不能在外面过夜，所以明天早上的一通责骂恐怕是逃不掉了。

"这也没什么办法。"她自言自语道。

米娜能够听见爸爸在床上不停翻身而发出的声音，看来即便是在睡梦中他也改不了自己火爆的脾气，仿佛随时都准备着和所有人吵上一架。

她踮着脚尖轻轻走了进去，从爸爸的那一侧绕到了床边，伸手轻轻摸了摸摆在房间里，能给他们全家带来好运的象头神雕像。此时卡里港矗立着的那尊长着多条手臂，凶神恶煞一般的神像似乎渐渐在她的脑海中开始淡去了。

父亲的脸看上去有些扭曲，歪着嘴，手紧紧地攥成拳头。

米娜摇了摇头，觉得这一切有些不可思议，她在床边跪了下来，轻

轻地在父亲的额头上吻了一下，而她的爸爸也一下停止了动作，面部的肌肉松弛下来，手也张开了。

"是米娜吗？"他迷迷糊糊地问道。

不过米娜已经离开了那里。

门先是被轻轻地推开了一道缝，然后伴随着一阵巨响，就完全打开了。

从里面走出了三个身影：一个身材高大，使用一条木腿走路的男子和两个蹲在地上的孩子，每个孩子的嘴里都咬着一把匕首，目光如炬，如同两头随时准备出击的猎豹一般。

"哈哈！"男子举起了手中的手电筒，然后又放了下来，"这是什么鬼地方？"

这个房间的装修包含着浓浓的英伦风格，墙上挂着几幅风景画，房间的中间摆放着一个圆形的茶几，靠窗的那一侧还有一张沙发。

墙角的柜子上放置着一些陶瓷雕像，天花板是用砖头砌成的。

是哪个乡下的别墅吗？他心想。

他弯下腰，伸手摸了摸柔软的地毯，然后放到鼻子前嗅了嗅，说："就是这股味道，英国佬的味道。"

这时传来了一阵银质调羹轻轻碰撞茶杯的声音。

朗·约翰·希尔弗示意身边的两个孩子保持警惕，不要轻举妄动。

他将手电筒放在了地上，然后一只手拿着猎刀，另一只手掏出手枪，小心翼翼地走下了三格阶梯，来到了第二个房间。顺着壁炉的火光，他可以看见边上还有一间相对比较宽敞的客厅。

一位满头银发、举止优雅的女士正坐在一张黄色的单人沙发上，享受着壁炉里柴火带来的暖意，而在她身后的另一张沙发上，则躺着一个男人。

朗·约翰·希尔弗有些犹豫地摸了摸自己的鼻子。

"欢迎来到阿尔戈山庄。"女士冲他点了点头，招呼道。她看上去十分镇定，似乎对于海盗的到来丝毫不感到意外。直觉告诉朗·约翰，眼前这位高贵的妇人应该就是这里的女主人。

对方的一个简单的招呼，反而让这位久经沙场的老海盗感受到了一种尴尬和歉意。

"很抱歉这么晚打扰到您，啊，还有这些武器……"眼前的一切迅速唤醒了他记忆深处最纯正的英伦腔，他将刀放在了地上，手枪则放在了一个箱子上说道，"不过刚才我们穿过黑色丛林的时候，有不少黑帮喽啰在后面追赶，所以……"

"我知道。"老妇人微微一笑说道，"您不用为这些细节而感到担心，我叫泊涅罗珀·摩尔，是这幢房子的主人。"

朗·约翰·希尔弗对于老妇人身上散发出的高贵气质不禁感到啧啧称奇。

"我是朗·约翰·希尔弗。"他自我介绍说，"不过不是……不是您想象中的……"老海盗赶紧解释道，"我更像是加里比教授书里写的那个，我不知道您是否认识他。"

"当然。"泊涅罗珀面前的茶几上放着一个茶壶和几个精致的茶杯。

朗·约翰·希尔弗感到如释重负。

"要来一杯热茶吗？"老妇人彬彬有礼地问道。

全文终

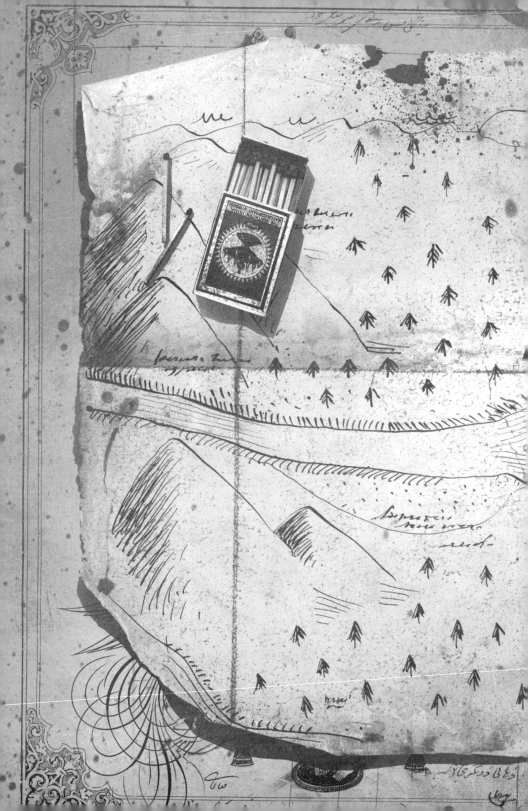

TAPROBANE

Long John

DEDALUS PRESS

Printing-Machine, Press, Type, Material, and Roller Manufacturers.

No.21212.